原案：
著：藤
イラスト：
JN003328
chubyou
gekihatsu-boy
13
プライド
超新星3

俺たちの文化祭!?
混濁する旋律。
不揃いな拍子。
断末魔の響き……

ヒーロー部、まさかの分裂危機——どうなる、
この世の終わりのような不協和音じゃ
野田

chubyou gekihatsu-boy
contents

厨病激発ボーイ

プライド超新星3

原案／れるりり（Kitty creators）
著／藤並みなと

22856
角川ビーンズ文庫

口絵・本文イラスト／大神アキラ
イラストカット／こじみるく（Kitty creators）

第一章 混沌のシンフォニー

金切り声を上げるギター。力任せのドラム。不安定なベース。悪目立ちするキーボード。抑揚《よくよう》のないボーカル……。

「ストップ、ストーップ！」

私が思わず声を張り上げると、部員たちは演奏を止め、騒音《そうおん》にしか聞こえなかった音楽がピタリと鳴りやんだ。

「どうした、ピンク？」

「どうしたもこうしたもないよ！　みんな、またバラバラに戻《もど》っちゃってるよ⁉」

「……確かに、ひどかったかもな」

「ベリーバッドだ」

「悪夢のような不協和音と言っても過言ではなかろう」

「終わってるでしょ、コレ」

「他人事《ひとごと》みたいに言ってる場合じゃないから！　とりあえず、もう一度頭からやり直してみる？」

厨病《ちゅうびょう》ボーイズは頷《うなず》いて、再び、キーボードのイントロが流れ出す。

しかしギター、ドラム、ベース、そしてボーカルと音が重なるにつれて、どんどん聞き苦しくちぐはぐな演奏になり、頭を抱《かか》えた。

よく一日休むと取り戻すのに三日かかるとかいうけど、これはあんまりだ。

修学旅行を挟《はさ》んで、六日ぶりのスタジオでのバンド練習。

そもそもなんで私たちがこんなことをしているかというと、話は十月半ば頃《ごろ》に遡《さかのぼ》る——。

☆★☆

「ハロー……よし、そろってるな」

生徒会選挙を終えた、数日後。ヒーロー部の部員たちが思い思いに過ごしていると、遅《おく》れてやってきた厨《みくりや》君が部室を見回してニヤリと笑《え》みを浮《う》かべた。

「ヘイ！　おまえらにイイもの見せてやるぜ」

そう言って背中にしょっていたギターケースを下ろし、厨君が中から取り出したものを見て、一同、目を瞠《みは》る。

「なん……だと⁉」

「ギター⁉」

「ギターが入ってるだと……⁉」

本来いたって当たり前のことなのだが、【†刹那《せつな》　騎悧斗《きりと》†】の衣装用ケースだと思い込んでいたので、ちゃんとギターケースからギターが出てきてビックリした。

更《さら》に、厨君はいつのまにか持ち込んでいたアンプにギターをつなぐと、ジャーンと弾《ひ》き始めたので、どよめきが湧《わ》きおこる。

「……嘘《うそ》、だろ……⁉」

「ふ、普通《ふつう》だ……！」

「別に上手《うま》くはないけど、そこそこ普通に弾けている……⁉」

ところどころで明らかにとちっていたり、たどたどしかったりするけど、あの厨君が音楽をまともに奏《かな》でている……！

「これ、夢じゃないっスよね？」

「大災害の前触《まえぶ》れじゃない？　早く避難《ひなん》しなきゃ……」

「とうとうギルディバランの覚醒《かくせい》の刻《とき》が迫《せま》っているということか……!?」

激しく動揺《どうよう》する一同を前に、ジャジャーン、とひときわ大きく弦《げん》をかき鳴らすと、厨君は「どうよ」と誇らし気に顎《あご》を上げた。

「俺の魂《たましい》の咆哮《ほうこう》は。テクはまだ甘いところもあるが、ヘヴンリーで痺《しび》れる音色だろ!?」

どうやら演奏に没頭《ぼっとう》していて、みんなの声は聞こえていなかったらしい。

「驚《おどろ》いたぞ、グリーン！　ギター弾けたんだな」

「フッ、俺にできないことを探す方が難しいぜ？」

「中一の時、Ｆコードで挫折《ざせつ》して『こいつとは相性《あいしょう》が悪い。やっぱ俺は天性のボーカリストだぜ』とか負け惜《お》しみを言ってた記憶《きおく》があるんだけど」

九十九《つくも》君のツッコミにギクッと一瞬頬《いっしゅんほお》をこわばらせてから、「負け惜しみじゃねーし」とまた強気の笑みを浮かべる厨君。

「俺が天性のボーカリストってのは永久不変の真実だが……五月に高嶋《たかしま》と観に行ったニーナのライブで、ギターの弾き語《がた》りをしてたな。表現の幅《はば》を感じたっつーか、ニーナが半年でそこまで弾けるようになったってのを聞いて俺も負けてられねえと思って、以来ちょこちょこ弄《いじ》ってるうちにこうして才能が開花したってわけだ」

なるほど、ニーナのライブで奮起して、それからずっと陰《かげ》で練習してたんだね。

「そこで一つアイディアが浮かんだんだが、今年の文化祭、俺たちでバンドをやらねーか？」

「「「「バンド!?」」」」

突拍子《とっぴょうし》もない提案に、みんな、ポカンとする。

「ほら、今年は二日間開催《かいさい》になるから、ステージの自由参加枠《わく》も幅広《はばひろ》く募集《ぼしゅう》するって生徒会から告知があっただろ」

「そんな急にできるものなの？　中村《なかむら》君がピアノ上手いのは知ってるけど……」

「ザッツライト！　中村がキーボード担当だ。シンセサイザーは色んな楽器の音が鳴らせるから、難易度高いところはシンセでフォローしてもらう。このバンドのキーマンは中村、ピアノ歴十二年のおまえだ」

ビシッと厨君に指名されて、「ほう……」と満更《まんざら》でもなさそうに眼鏡のブリッジを上げる中村君。

「でもって、野田《のだ》がドラム！　和太鼓《わだいこ》があれだけ叩《たた》けるんだ、リズム感は折り紙付きだし、運動神経がいい奴《やつ》はドラマー向きなんだぜ」

「そうなのか!?」

「ああ。全身でリズムをとって鮮烈《せんれつ》な技《わざ》を決めまくる、体力勝負だ。絶対ハマると思うぜ」

「へえ、おもしろそうだな！」

キラキラと大きな目を輝《かがや》かせる野田君。

「零《れい》もベースをかじってたことあったよな」

厨君の意外な発言に、えっ、と部員たちが目を丸くした。

「九十九も楽器できるのか？　てかベースって、渋《しぶ》っ……」

「あー、素人《しろうと》にはベースの凄《すご》さはわからないよね。意識してないと聞こえづらいかもしれないけど、バンドに最も欠かせないポジションはリズムを刻むとともに低音域でメロを支えるベースだよ？　グルーヴの根幹を司《つかさど》る、いわば楽曲の陰の支配者。ベースこそ至極《しごく》の楽器さ」

得意げに語る九十九君……貴方《あなた》は玄人《くろうと》なのかって点はともかく、かなり思い入れがあるようだ。ロック好きだもんね。

「そこまで言うなら結構弾けるわけ？」

「そ、それは……」

「三カ月で飽《あ》きたって花耶《かや》姉から聞いたぜ」

高嶋君にツッコまれて九十九君が目を泳がせると、すかさず厨君がネタばらしして、やっぱりね……と生ぬるい空気が広がる。

「聴《き》くのと弾くのはまた別なんだよ！」

「三カ月でも一から覚えるより速いし、楽器もまだあるだろ？　ベースは零がやれ。努力のコツは目標設定だ。今回はちゃんと文化祭でやるって目標があるわけだし、再チャレンジしてみろよ」

「まあやるならベースって点に異論はないけど……どうせ二葉《ふたば》がボーカルなんでしょ？」

九十九君の指摘《してき》に、乗り気になっていた部員たちの表情がスン……と冷めた。

しかし。

「悪いが俺は今回はギターに集中する。ボーカルは高嶋だ」

「「「「!?」」」」

「唯一《ゆいいつ》無二の歌声を持つ俺がガチで歌うと【†刹那　騎悧斗†】だってバレる可能性大だからな。別次元の俺を除けば、高嶋ほど歌える奴はそうそういないし、見栄《みば》えもいい。パーフェクトな布陣《ふじん》だろ」

「……よーし、いっちょ空良《そら》ちゃんにいいところ見せるか！」

「この竜翔院凍牙《りゅうしょういんとうが》、どんな超絶技巧《ちょうぜつぎこう》の難曲でも弾きこなしてやろう」

「オレの本気を見せる時が来たようだね」

「みんなの力を一つにして、最強のステージを作り上げようぜー！」

厨君が歌うわけではないと知るや否《いな》や、俄然《がぜん》やる気になる厨病ボーイズ。

わかりやすいなあ……。

「瑞姫《みずき》たちはやりたい楽器とかあるか？」

「ううん、私は裏方に回るよ」

「オレも今回は先輩《せんぱい》たちに見せ場を譲《ゆず》るっス。熱いステージ、魅せてくれ！」

「クク……そなたらのギブンな青春、妾《わらわ》も傍観《ぼうかん》させてもらうとしよう……して、なんの曲を奏《かな》でるつもりじゃ？」

莉夢《りむ》ちゃんの質問に、「特撮《とくさつ》ソング！」「やっぱ『アイライブ！』だろ」「クラシックをロック調に編曲して……」「ここはパンパラ一択《いったく》」「レジェンドナンバー『KISS FOR LOVE』だ」と意見が飛び出したのはいいけど、その後もそれぞれ譲らない。

「こうなったら……ピンク！　何かオススメはないか？」

矛先《ほこさき》を向けられて、そうだなあ、と腕《うで》を組んだ。

「――実は前からずっと、みんなにピッタリだって思ってた曲があるんだけど……」

翌日から、猛練習《もうれんしゅう》が始まった。

一度スイッチが入ると厨病ボーイズの集中力は凄《すさ》まじく、ぐんぐん上達していった。

個人練習である程度弾《ひ》けるようになると、スタジオでのバンド練習に入ったんだけど、とことん我が道を突《つ》っ走る人たちの集まりだ、最初は音を合わせようとしてもてんでバラバラで、ひどい有様だった。

野田

それでも練習を繰《く》り返すうちに互《たが》いの音を聴《き》くことを覚え、次第《しだい》に息が合ってきて、技術も上がり続け、ようやくいい感じになってきたところで、四泊《ぱく》五日の修学旅行に突入《とつにゅう》。

しばしバンドのことは忘れて旅行を楽しみ、東京に戻《もど》ってきた次の日の振《ふ》り替《か》え休日、久々に合わせたら――いきなりまた下手くそに戻っていたのだった……。

☆★☆

「せっかく揃《そろ》ってきたと思ったのにね……」

二度目のへっぽこ演奏が終わり、ため息をついていたら、ふと九十九君とバチッと目が合って、とっさに視線を逸《そ》らしてしまった。頬《ほお》がほのかに熱を持つ。

――「オレ……聖《ひじり》サンのことが、好きなんだ……！」

修学旅行の最後の夜。突然《とつぜん》の告白に呆然《ぼうぜん》としながらも、抱《だ》き締《し》められた腕の強さに思わず「苦しい……」と漏《も》らすと、九十九君はすぐに慌《あわ》てたように身を離《はな》した。

『ごめん！　……返事はいらないから』

それだけ言うと、背を向けて、後は黙《だま》って集合場所に向かっていった。

私も混乱して、何も言えないままみんなと合流して……今でもまだ、混乱中。

まさか九十九君が好きな人が自分だったなんて……そうとも知らず「『好き』ってどんな感じ？」とか、合宿の時は「本当にその人のことが大好きなんだね」とか、何を言ってるんだよ私！　恥《は》ずかしすぎるでしょ!!

でもそんなそぶりは全然……と振り返ってみると、アレ、もしかしてあの時のアレってそういうこと？　と思い当たることがチラホラ……どころか芋《いも》づる式にわんさか出てくるし。

しかも、いいなあ、素敵《すてき》だな……とほんわかしながら聞いてた好きな相手の話も実は全部私のことだった、と思うとこれまた顔から火が出るほど恥ずかしいやら照れくさいやらでひたすら悶絶《もんぜつ》。

過去の言動を掘《ほ》り返すほど、自分の無神経さにぎゃーってなって、罪悪感と羞恥心《しゅうちしん》で死にそうになる。

好意は嬉《うれ》しいけど、九十九君のことをそういう対象として見たことがなかったし、驚《おどろ》きと戸惑《とまど》いが大きくて、とにかく恥ずかしくて、どうしたらいいかわからなかった。

九十九君は何もなかったように振る舞《ま》ってるけど、ベースのテンポが不安定なのは、彼も内心平静ではないから、かな……。

「――てか高嶋、腑抜《ふぬ》けた歌歌ってんじゃねーよ！」

苛立《いらだ》たし気に厨君が名指しのダメ出しをすると、「仕方ねえだろ」と高嶋君が肩《かた》を落とした。

「一昨日《おととい》『スタ★プリ』のサービス終了《しゅうりょう》が発表されたと思いきや、今朝は『ダンバト!!』だぜ？　なんなんだよ、この推《お》しゲームのサ終ラッシュ……マジきつい……」

「だからって投げやりなのが表に出すぎなんだよ、甘えんな！」

「はああ⁉　推しと別れる痛みがわからないとか、おまえそれでもオタクかよ⁉　厨も、もし『アイライブ！』が終わったらって想像してみろ――ヤバ、吐《は》き気が……駄目《だめ》だ、空良ちゃん、君だけは……頼《たの》む、俺を置いていかないで……！」

「自分で言い出して妄想《もうそう》で更《さら》に落ち込んでるんじゃねえ！　――中村はなんだ、後半のアレンジ！　壮大《そうだい》なパイプオルガンとコーラスでいきなり使徒との戦闘《せんとう》が始まったかと思ったぜ」

「雄大《ゆうだい》なる北の大地で得たインスピレーションを反映させた革新的なアレンジだったが、俺についてこられる者は皆無《かいむ》だったようだな……」

「おまえの独演会じゃねーんだよ、暴走すんな！」

「……常日《つねひ》頃《ごろ》からスタンドプレーに走りがちな厨二葉には言われたくない」

「そうそう、さっきから上から目線で説教垂れてるけど、今日は厨だってミスしまくりじゃねーか」

「……っ……」

　ムッとしたような二人から反論されて、厨君は一瞬《いっしゅん》たじろいだけど、「集中してないのはおまえも同じだろ」と言われて眉《まゆ》を吊《つ》り上げる。

「俺は真面目《まじめ》にやってんだろ？」

「否《いな》、俺の心眼は誤魔化《ごまか》せない。明らかに気が散っている」

「ナンセンス！　いつもと変わらねーし！」

「ムキになってるってことは図星だろ。自分のこと棚《たな》に上げて偉《えら》そうに――」

「やめろ、おまえたち！　いったん落ち着け」

険悪なムードが漂《ただよ》い出したところで、野田君が割り込んで、声を張り上げた。

「誰《だれ》だって思うようにいかなかったり、調子が出なかったりする時はある。責めたって仕方ないだろ」

「……そういう野田も、今日はなんか変だよね」

ポツリと九十九君が言うと、野田君はギクッとしたように肩を揺《ゆ》らした。確かに……。

『絶対ハマると思うぜ』と厨君が言っていた通り、野田君はドラムがすごく性《しょう》に合っていたようで、初回から躍動《やくどう》感あふれる爽快《そうかい》な音を叩《たた》き出してみんなの度肝《どぎも》を抜《ぬ》いた。

太鼓《たいこ》をやっていた経験も大きいのだろう、そこからまた驚くべき速さで成長して、抜群《ばつぐん》のリズム感とダイナミックな演奏でバンドを引っ張る屋台骨の役割を担《にな》うようになっていたのだが……今日の野田君の音はいつものように生き生きと弾《はず》む感じじゃなくて、がむしゃらに叩きつけている印象で。

「何かあった？」

じっと見つめながら尋《たず》ねると、野田君は目を泳がせながら「べ、別に！」とブンブンと首を振った。

明らかに様子がおかしい。なんだか顔も赤くなってるし……。

「体調悪いのか？」

野田君のおでこに手を当てた高嶋君は「あ、ちょっと熱いかも!?」とビックリしたように目を瞠《みは》った。

「えっ、おれは元気だぞ？」

「いや、微熱《びねつ》っぽいって。聖も触《さわ》ってみて」

高嶋君に促《うなが》されて、どれどれ、と手を伸《の》ばしたけど、「うわっ」という声と共にひょいと避《よ》けられる。え、何？

えい、えい、えい、と私が手を伸ばすたびにひょい、ひょい、ひょい、と身をかわした野田君は、「し、心配無用だ！」と言いながらぴょーんと後ろに飛び退《ずさ》った。

「おれは至って健康体だ。測る必要はない！」

「でも、ますます顔赤くなってるよ？　てかなんでそんな距離《きょり》をとるの？」

「それはその……ま、万が一風邪《かぜ》がうつったら大変だからな！」

しどろもどろに、支離滅裂《しりめつれつ》なことを言う野田君。

「とりあえず、野田君は早く帰って休んだ方がいいよ。無理しちゃ駄目」

語気を強めると、野田君は「む……そうだな。わかった」としょぼんと同意した。

「大和《やまと》が熱なんて珍《めずら》しいな」

「ノースオーシャンフィールド大遠征《だいえんせい》の疲労《ひろう》が残っているのか……？」

「バカも風邪ひくんだね」

「つーか、今日はもう解散にしようぜ。このままだらだらやってもまとまる気がしねえ」

厨君の言葉にみんな賛成して、この日はここでお開きになった。

私は密《ひそ》かにホッとしたけど、野田君、どうしたんだろう……？

＊＊＊

修学旅行の最後の夜。突然《とつぜん》の『スタ★プリ』のサービス終了の通知に智樹《ともき》が呆然《ぼうぜん》としたのは、オルゴール堂で高橋《たかはし》の忘れ物のグラスを発見し、みんなに連絡《れんらく》を終えた直後のことだった。

空良ちゃんに次ぐ二推しだった千夏《ちなつ》との別れに混乱し、記憶《きおく》も朧《おぼろ》げな中なんとか東京に戻《もど》ったと思いきや、今度は『ダンバト!!』のつかさとも引き裂《さ》かれることが判明し……今もまだ、混乱中。

――だったのだが、幼馴染《おさななじみ》の不調を知って否応《いやおう》なしに現実に引き戻された。

(大和が発熱とか、去年の演劇部の練習で知恵熱《ちえねつ》出してたけど、それより前はもう、思い出せない……まさか、夏の事件の後遺症《こういしょう》?)

不安を覚える智樹だったが、幸い大和はすぐに熱が下がったようで、夜にはいつも通り智樹の家に来て、一緒《いっしょ》に夕食を食べた。

食後はテレビを見て、宿題をして、ゲームをして……特に変わった様子もなく元気に過ごしていたのだが。

翌日の放課後、また、風向きがおかしくなってきた。

部室に行くと、C組が一番早かったようで、まだ他《ほか》のクラスの部員は誰も来ていなかった。

「なんかここに来ると戻ってきたって感じで、ホッとするよな～」

「たかだか一週間だけどね」

「今日のスタジオ練は十六時半からだから、少しのんびりしてから行けるね」

とりあえずこたつに入る智樹、九十九、聖だったが、大和だけは一人離《はな》れて窓際《まどぎわ》に腰《こし》を下ろす。

「どうした、大和？」

「おれはここでいい……日向《ひなた》ぼっこしたいからな！」

「……空、曇《くも》ってるけど」

「何っ……!?　——ド、ドラムの練習するから！」

やけにドギマギしながら、空き缶《かん》や空き箱を並べて、スティックで叩き始める大和。

「……東京も寒くなってきたね」

「北海道とはレベチだけど、結構冷えるよな」

「てかこの部室、ちょっと隙間《すきま》風《かぜ》入ってきてない？」

九十九がそう言った瞬間《しゅんかん》、ガシャーン、と大和がスティックを落とした。

「す、すまん。手が滑《すべ》った」

なんだ？　と眉をひそめた直後、バタンとドアが開く。

「あっ、兄貴たち！　お帰りなさいっス！」

「ほう、生還《せいかん》率六分の四とは熾烈《しれつ》じゃのう……」

松丸《まつまる》と木下《きのした》の一年生コンビの登場で、一気に賑《にぎ》やかになった。

「虎之《とらの》助《すけ》！　莉々夢《リリム》！　ただいま！」

「A組コンビを勝手に殺すな、まだ来てないだけだ」

「いいっスよね、北海道。オレ、まだスノボもスキーもやったことなくて――」

ニコニコしながら虎之助がしゃべっている途中《とちゅう》で、再び大和がガシャーンとスティックを落とす。

「兄貴？」

「すまん！　そうか、虎之助は未経験なんだな。おれも初めてだったが、すごく楽しかったぞ」

大和が気を取り直したように話し始めたところで、再びドアが開いて中村と厨が入ってきた。

「〈漆黒《しっこく》の閃光《せんこう》〉、ここに帰還《きかん》した」

「おお、竜翔院凍牙。長らく借用していた書物を忘れぬうちに渡《わた》しておくぞ」

木下から分厚い本を差し出されて、「ほう、読破したか」と微笑《びしょう》を浮《う》かべる中村。

「否《いな》。『カラマーゾフの兄弟』というからてっきり絡《から》み合ってゾクゾク♡ウフフする禁断の兄弟愛の話かと思ったのじゃが……」

「なぜそれを俺が所持していると錯覚《さっかく》した⁉」

「『カラマーゾフの兄弟』、聞いたことあるな……有名な作家のだよね？」

聖の問いかけに、中村が頷《うなず》く。

「うむ、ドストエフスキーだ」

ガシャーン。

再び注目を浴びる中、「な、なんか手が滑りやすいみたいだ！　洗ってくる！」と焦《あせ》ったように出ていく大和。

（……さっきから、どうしたんだ……？）


その後、一年生たちにお土産《みやげ》を渡してしばらくだべってから、学校の近所のスタジオに移動して練習をしたが、今日もやっぱり音は揃《そろ》わなかった。

「サック！　リズム隊！　せめてテンポキープだけはキッチリしろ。特にドラム！」

「えっ、おれ、ズレてたか？」

「竜翔院の音がでかすぎて自分の声も聞こえないんだけど」

「ひどい演奏の粗《あら》を俺の音の帳《とばり》で隠《かく》そうと配慮《はいりょ》した結果だ」

「勝手にボリュームいじるな、バランスがぶっ壊《こわ》れるんだよ！」

「二葉はその短気なとこ、なんとかしなよ」

「だってこのままじゃ間に合わねーだろ!?」


あまりの惨状《さんじょう》に、見学に来た一年生もポカンとしていた。

「なんじゃ、この精神を攪乱《かくらん》する呪《のろ》いの円舞曲《ワルツ》は……」

「冗談《じょうだん》みたいにズタボロっスね、姐御《あねご》……あれ、姐御？　おーい」

「……あっ、ごめん、何？」

虎之助に目の前で手をパタパタされて、ハッとしたように反応する聖。

（九十九って、前はもっと弾《ひ》けてたよな？　厨も相変わらずミスが多いし……竜翔院はみんなをカバーしようとして裏目に出てる。いつもならフォローしてくれる聖も、やけに口数が少ないっていうか、ボーッとしてる……？　でも一番変なのはやっぱ大和だ。大和の

太鼓《たいこ》は走りがちになることはあっても、こんなにリズムが狂《くる》うことは今までなかったのに）

散々だった練習を終えた帰り道。

「大和が昨日熱出してたのって、もしかしてまた知恵熱？　なんか気になることでもあるのか？」

二人になったところで切り出してみると、大和はパチパチと瞬《まばた》きしてから、「そんなことは、ないぞ……」と歯切れ悪く、否定した。

（ほんと、嘘《うそ》つけないよな、こいつ……）

思わず苦笑《くしょう》してから、智樹は少し考えて、「そういえばさ～」と言葉を継《つ》ぐ。

「今晩はすき焼きだって」

ビクッと大和の肩《かた》が跳《は》ねる。

「……隙間風、スキー、ドストエフスキー」

単語を口にする度《たび》、ビクッ、ビクッ、ビクゥッと体を揺《ゆ》らす大和。

「やっぱりおまえ、『好き』って響《ひび》きにやたらめったら反応してるだろ⁉　ほら、吐《は》け、何があった⁉」

「……っ……！」

ビシイッと問い詰《つ》めると、大和はだらだらと汗《あせ》を流しながらしばらく答えあぐねていたけれど。

「大和」

智樹が絶対に譲《ゆず》らない覚悟《かくご》で詰め寄ると、グッと両手を握《にぎ》りしめて、周囲に人影《ひとかげ》がないのを確認《かくにん》してから、声を潜《ひそ》めて念を押してきた。

「……このことは絶対に外に漏《も》らすなよ。最重要機密事項《じこう》だぞ」

「わかった。誰《だれ》にも言わない」

「誓《ちか》えるか？」

「空良ちゃんへの愛に誓って」

片手を上げて厳《おごそ》かに宣誓《せんせい》すると、大和はふぅーっと息を吐いて、きまりが悪そうに、話し出した。

「北海道の最後の夜……高橋と坂下《さかした》のペアグラスを、分担して捜《さが》しに行っただろ？」

「ああ、行ったな」

直後、智樹はサ終の悲劇を知ることになるのだ。

（ショックで頭回ってなかったけど、思い返してみればあの後くらいから、大和はちょっと変だったかも？　あ、変といえば九十九と聖もぎこちなかったというか……）

ぼんやりと記憶《きおく》を辿《たど》る智樹に、「実はおれ」と大和は言葉を継ぐ。

「智樹から連絡《れんらく》がきた後、近くのピンクたちと合流しようと思って、小樽《おたる》運河の方に行ったんだ。そしたら……見てしまった」

「何を？」

「パープルがピンクに、好きだって告白してた」

数秒、呼吸が止まった。

「……………マジか…………！」

大きなため息とともに言葉を吐き出した智樹に、大和は「マジだ」と神妙《しんみょう》に頷いた。

第二章 たくさん「いいね」されていたい

パリ発祥《はっしょう》の人気チーズケーキ屋が日本初出店、というネット記事を見て、これは樹愛流《じゅえる》が喜ぶぞ、と思った璃星《あきほ》は、すぐにそのリンクをライングループに送った。

沼津《ぬまづ》宙翔《ひろと》『美味《うま》そうなんだけど』

返信を見て、投下先を間違《まちが》ったことに気付き、『ごめん』のスタンプを送る。

『誤爆《ごばく》！』
沼津宙翔『だと思ったw』
上杉《うえすぎ》彗《けい》『ほんと美味そう。クソ混《こ》んでそうだけどw』
『行ったらレポするわ』

こんな誤爆本当にやるんだ、逆じゃなくて良かった……と冷や汗をかきながら、璃星はリンクを樹愛流・エリ・チセの女子グループに再送した。

チーズケーキ好きの樹愛流は案の定、すぐに食いつき、修学旅行の振《ふ》り替《か》え休日となる今日、四人で食べに来たのだが——平日昼にもかかわらず、店の前には長い行列ができていた。

「どーしよ、今日は彼氏の誕プレも買わなきゃなのに……時間なくなっちゃう」

「ごめん、平日ならと思ったけど甘かった。また出直そっか？」

眉《まゆ》を寄せるエリに、両手を合わせる璃星。

「二手に分かれる？」と提案したのは樹愛流だ。

「別に全員でならばなくてもいいっしょ」

「あー、そうだね。じゃああたし、残るよ。もともとあたしが来たかったんだし、エリは買い物行っておいでよ」

「え、いいの？　悪くない？」

「アキ、マジ優《やさ》しい……ズッ友だよ！」

「草」

誘《さそ》った責任を感じてならび役を申し出た璃星に、『ズッ友』たちは御礼《おれい》を言いながら列から抜《ぬ》けていった——三人そろって。

（……え。分かれるって普通《ふつう》、二人ずつじゃない？　てか傍《はた》から見たらあたし、ぼっちみたいじゃん⁉　誰も一緒《いっしょ》にくる友達がいないのに、そんなチーズケーキ食べたいのかよって、めっちゃ食い意地だけはった恥《は》ずかしい奴《やつ》って思われるよね⁉　サイアク……！）

　周りから憐《あわれ》みや嘲笑《ちょうしょう》を含《ふく》んだ視線が向けられているような気がして、カーッと顔の熱が上がる。いたたまれない気分を紛《まぎ》らわそうと、ＳＮＳを開くと、最新の璃星の投稿《とうこう》に「いいね」がたくさん来ていて、パアッと視界が明るくなった。

（スノボの写真、めっちゃ盛れたもんね～。こっちも光加減、いい感じだし）

　お気に入りの写真を何度も見返してホクホクした後、フォロワーの投稿に片っ端《ぱし》から「いいね」やコメントを飛ばす。

　その後、流行《はやり》のショップやファッションをチェックしたり、アプリゲームを弄《いじ》ったりしているうちに、ようやく、店の入り口が近付いてきた。

　そろそろ樹愛流たちに連絡しようか、と思ったタイミングで、グループの一人のチセから電話の着信。

『アキ、一人でならばせてごめんね！　そっち、あとどれくらい？』

「やば、ちょうど電話しようと思ってた！　あと三組ってとこだよー」

『あのね、こっちでめっちゃ美味《おい》しそうなパンケーキ屋見つけてね、樹愛流がもう疲《つか》れたしここにしよって言ってるんだけど……』


（は？？？？？）


　宇宙猫《ねこ》の顔になって固まった璃星の耳元で、『えっとね』とチセが焦《あせ》ったように声を潜める。

『アキがずーっと待っててくれてるのに悪いよって言ったんだけど、樹愛流、もうチーズケーキよりパンケーキの気分なんだって。あと、ここは絶対バズるから今入った方がいいって……アキ、大丈夫《だいじょうぶ》？』

「あ、うん、大丈夫ー」

　何が大丈夫なのか全然わからなかったけど、反射的にそう答えていた。

『アキがどうしてもチーズケーキ食べたいならこのまま分かれて、お茶した後また合流してもいいって言ってるけど』

「ないない、それはない！　あたしもそっち行くから、お店教えて……」

長時間ならんだ末のチーズケーキに未練がないといえば嘘《うそ》になるが、璃星にとってはぼっちでカフェなんて惨《みじ》めで耐《た》えられない苦行としか思えなかった。

眩暈《めまい》を覚えながら、樹愛流だから仕方ない、と自分に言い聞かせて、指定された店へ向かう。

華《はな》やかで気が強い樹愛流は、グループの女王様で、誰《だれ》も逆らえないのだ。

（実際、樹愛流がバズるって言った店はあとで超人気《ちょうにんき》になるしね……）


「あ、アキ、よかった！」

パンケーキ屋も少しはならんでいたようで、到着《とうちゃく》した時、ちょうど樹愛流たちが席に案内されるところだった。

「ごめんね、アキ。おかげで誕プレ買えたよー」

「あはは、ぜんぜんぜん。てかここ、えぐ。マジで、めっちゃ可愛《かわい》い！」

璃星の言葉に「でしょ？」と樹愛流は誇らし気に微笑《ほほえ》む。

「ここ、百パーくるよ。絶対あとでドヤれるって」

内心もやっとしたけど、璃星は笑顔《えがお》のまま「よく見つけたね。樹愛流、感度高いもんね～。可愛い。ぜんぶ可愛い～」とはしゃいで見せた。

「えー、ぜんぶ美味しそう！　アイス載《の》ってるんだ、うれし～。なに、新鮮《しんせん》なフルーツを溶《と》かした産地直送プレミアム生クリーム⁉　ヤバイヤバイ、選べなーい」

テンション高くメニューをめくりながら、心の中ではマンゴーかな、と思った。

（……うん、マンゴーが食べたい！）

「一皿で二人分くらいのボリュームなんだって」

「だから二皿頼《たの》んで、みんなでシェアしない？」

「うん、そうしよそうしよ」

「やっぱモンブランは外せないっしょ？　あとは苺《いちご》かシナモンアップル？」

樹愛流の声に、エリとチセが「やっぱ苺かな～」「うん、苺が映《ば》える」と同調する。

「アキは？」と話を振られ、璃星も笑顔でこくこくと大きく頷《うなず》いた。

「わかる。あたしも断然、モンブランと苺って思ったー！」

（……疲れた……）

感情の抜け落ちた顔で自宅のベッドに倒《たお》れ込んだ璃星は、重いため息を吐《は》きだしてしばらく目を閉じた後、のろのろとスマホに手を伸《の》ばした。

（あ、また「いいね」が増えてる……！　今までで一番伸びてるみたい。やっぱ修旅は特別なんだな）

思わず頬《ほお》がゆるんだけれど、タイムラインを見てすうっと興奮が醒《さ》める。

十分前に投稿されたばかりの、パンケーキ屋で撮《と》った、樹愛流の写真。

それにはすでに、あっさりと璃星の最高記録を遥《はる》かに超《こ》える「いいね」が集まっていた。

（見ない方がいいのはわかってる、けど……）

さかのぼって修学旅行の樹愛流の投稿を確認《かくにん》すると、璃星とは文字通り桁違《けたちが》いの「いいね」数が表示されていて、今更《いまさら》のことなのに、ますます落ち込む。

雑誌の路上スナップに何度か載ったこともある美人でオシャレな樹愛流は別格だけど、

グループ四人の中で璃星が一番フォロワー数が少なくて、それはそのまま自分の魅力《みりょく》や価値を突《つ》きつけられている気がした。

（……でも樹愛流たちと友達になって色々教えてもらって、あたしも前よりはぜんぜん可愛くなってるし。センスよくなったって樹愛流にも褒《ほ》めてもらったし）

劣等《れっとう》感に苦しめられても、しょっちゅう気まぐれに振《ふ》り回されてくたくたになっていても、クラスで一番イケてるグループの一員であることは、璃星の誇《ほこ》りだった。


もっと可愛くなりたい。特別になりたい。でも変に目立ちたくない。

みんなから愛されたい。

たくさん「いいね」されていたい。

☆★☆

木曜日の七時間目はホームルームで、文化祭のクラスの出し物について話し合った。

「――次に、クラスTシャツのデザインについて決めたいと思います」

「はい！」

司会の委員長の言葉に、即座《そくざ》に手を挙げたのは、いつも赤白帽《ぼう》をウルトラマンのように被《かぶ》っている野田大和だ。

「それを着たらヒーローに変身してるように見える、コスプレTシャツにしようぜ！」

（また言い出したよ……痛い痛い。高校生にもなってヒーローとか、ないでしょ！）

まるで自分が恥《はじ》をかいている心地《ここち》になって、璃星の体に変な汗《あせ》が滲《にじ》み出す。

「はい！　『プレシャス・メモリー』っていうロゴを入れるのは？」

続いて挙手した二次元オタクの高嶋智樹は、珍《めずら》しくまともかと思いきや。

「実はこれ、空良ちゃんの大人気ソロ曲のタイトルなんだけど、マジで空前絶後のスーパー名曲だから文化祭のクラスのテーマ曲にしたらいいと思うんだよ！　中毒性のあるポップなメロディーに、夢と希望と友情と青春を歌う前向きな歌詞！　ミラクルキュートな美声でサラッと歌いこなしてるけど実は音域めっちゃ広くて音が動き回るから、空良ちゃんが歌唱力激ヤバな実力派アイドルであることがよく分かる難曲なんだけど――」

（ぎゃー！　勘弁《かんべん》してよ。事あるごとにゲームキャラの解説しなくていいから！　絶対却《きゃっ》

下《か》されるの分かっててなんで言うの⁉）

　高嶋の長丁場のオタク語りを遮《さえぎ》るように「オレに言わせてもらうと……」と口を挟《はさ》んだのは、奇抜《きばつ》な格好でイキっている九十九零。

「揃《そろ》いのデザインをまとうことで団結力を高めるって発想は安直だし、その時点ですでにオリジナリティに欠けるね。あえて各自が別のTシャツを着用することで『お揃いは着ない』という概念《がいねん》という名のTシャツを着用してより高次の一体化を目指すとか？　――それも所詮《しょせん》は茶番だけど」

（意味不明だし。謎《なぞ》にドヤってるけど、なんか自己完結してて寒……！　お願いだからもう黙《だま》ってて！）

　拒絶《きょぜつ》反応に身悶《みもだ》える璃星だったが、クラスメイトの大半は彼らの言動を「また始まった」と苦笑《くしょう》しつつ、もはや風物詩みたいなものとして楽しんでいるようだった。

　ヒーロー部の連中はどういうわけか、そこそこ人望を集めているようで、味方も少なくないのだ。

　とはいえ、そんな者ばかりでないことも、璃星はよく知っていて。

「ヒーロー部、うざ……痛すぎっしょ」

Tシャツの方は話がまとまり、今度はグループに分かれて打ち合わせをすることになった段階で、樹愛流が不機嫌《ふきげん》そうに言い放った。

同感だったけど、教室内はざわざわしているとはいえ、近くにいるクラスメイトには聞こえる程度の声量。

周囲の空気が硬《かた》くなるのを感じとった璃星は、ハラハラしながら「まーまー」と曖昧《あいまい》な笑みを浮《う》かべて女王様をなだめる。

「でもヒーロー部も、あれでなんか人助け？　するとことかあるみたいだしさー」

波風を立てたくなくて、そうとりなそうとしたのだが。

「は？」

ピクリと樹愛流の眉《まゆ》が吊《つ》り上がったので、頬が強張《こわば》った。

「アキさ、なんなの？　誰《だれ》にでもいい顔するの、ムカつくんだけど」

（しまった、逆鱗《げきりん》に触《ふ》れた！）

サーッと自分の血の気が引く音が聞こえた。

「いやいや、そんなんじゃないし！　あ、あたしだってヒーロー部の奴《やつ》らはウザいし痛いしあり得ないって思ってるってば！　マジで心の底から！」

こうなったらなりふり構ってられなくて、慌《あわ》ててヒーロー部をディスったけれど、どうやら逆効果だったらしい。

樹愛流は「チッ」と大きな舌打ちをすると、璃星を睨《にら》みつけた。

「あんたのそういうとこ、マジでイラつく」

「…………！」

「言っとくけど、みんなそう思ってるから」

冷たくそれだけ告げると、凍《こお》り付く璃星に背を向けて、樹愛流は「――そういや聞いた？　テニス部の部長、元カノとより戻《もど》したって……」とエリたちと雑談を始めた。

　ホームルームの間はショックで動けなかったけれど、終業の鐘《かね》が鳴り、帰りの準備を素《す》早《ばや》く済ませると、璃星は勇気を出して前の席の背中に呼びかけた。

「樹愛流、あたし、ごめんね――」

　ガタンッと立ち上がった樹愛流は、振り返ることなく他《ほか》の二人を促《うなが》して教室を去っていく。

（無視された……嘘《うそ》でしょ……）

　力なく席に座り込み、茫然《ぼうぜん》としていたら、「璃星ちゃん」と呼びかけられた。

　視線を横に向けると、黒髪《くろかみ》セミロングにカチューシャを付けた聖瑞姫が、心配そうにこちらを見ていた。

「大丈夫《だいじょうぶ》？」

「あ……うん。平気！　ボーッとしてただけ」

　無理やり笑顔《えがお》を作って応じると、聖は「そっか……」と頷《うなず》いてから、ごそごそとカバンを探《さぐ》る。

「良かったら飴《あめ》、食べる？」

「ありがと……『うめぇ星《ほし》』？」

「そう、商品名はくだらないけど、美味《おい》しいんだよ」

聖が渡《わた》してくれた星形の赤いキャンディを口に含《ふく》むと、梅干しのほのかな酸味と優《やさ》しい甘味が広がって、なんだかホッとした。

「ほんと、美味しい……」

思わず頬《ほお》をほころばせると、聖も「でしょ」と微笑《ほほえ》んだ。

自分も飴の個包装を開けて、キャンディの星を指先でつまんで見せながら、言う。

「璃星ちゃん、前に私の名前褒《ほ》めてくれたけど、璃星って名前もすごく可愛《かわい》いよね」

「え、そうかなー……でも、漢字はあたしも気に入ってるかも。星、好きだし」

「星が好きなんだ。天体観測したりするの？」

「いやいや、ただ綺麗《きれい》だな～って空を見上げるくらい。興味はあるけど」

「へえ……そういえば、うちの学校、旧校舎の屋上に天文台があるって知ってた？」

「えっ、初耳」

「私も少し前に初めて知ったんだけど――」

そんな他愛《たわい》もないおしゃべりを少し交《か》わした後、「聖〜？」と声がかかったのを機に、じゃあね、と手を振《ふ》って、聖は部活へ向かって行った。

いつもは樹愛流たちと寄り道して帰るところをまっすぐ一人で帰ると、また落ち込みそうで、璃星は話に聞いた天文台に行ってみることにした。

（もしかして聖ちゃん、あたしが樹愛流に無視されたの見てて気《き》遣《づか》ってくれたのかな……ホームルームの時は席が遠かったから、聞こえてなかったと思うけど）

――「あんたのそういうとこ、マジでイラつく」

――「言っとくけど、みんなそう思ってるから」

樹愛流の声がリフレインしてまた指先から冷たくなったけど、聖は『みんな』には入ってないんだ、と思うと救われた気がした。

（聖ちゃんってさり気にすごい可愛いし、性格もいいよね……ほんと、なんであんな痛々しい奴らとつるんでるんだろう）

聖によると彼らにもいいところがある、という話だったが、仮にそうだとしても理解できなかった。

とはいえ、ヒーロー部を悪く言うと聖も貶《おとし》めることになるのか、と思うと、あの時は必死だったとはいえ教室で悪口を言ってしまったことを後悔《こうかい》する気持ちが湧《わ》いてくる。

（でもヒーロー部がウザいってのは正真正銘《しょうしんしょうめい》本心なんだ。消えて欲しいし、できることならつぶしたい……そんな行動力はないけどさ。修旅の時、沼津君を救出したとか噂《うわさ》で聞いたけど、どうせたまたま見つけたのが大げさに広まってるだけでしょ？　マジで存在が無理！　って樹愛流と完全に同意見なのに、なんでこんなことになっちゃうわけ……？）

泣きたいような気持ちを抑《おさ》え込みながら、階段を上り切り、屋上の扉《とびら》を押し開ける。眩《まぶ》しい光に目をすがめながら、足を踏《ふ》み出すと、外気と開けた空に解放感を覚えた。屋上の隅《すみ》に貯水タンクのようなドーム形の建物があって、あれか、と思うと同時に、その入り口付近に立つ二つの影《かげ》に、ハッと息をのむ。

向こうも璃星に気付いて、目を丸くした。

「うわ、久しぶり」

「えっ……どうして、神月《かみつき》が……？」

――天文台の前にいたのは、同じ桜原《さくらはら》中学出身の、上杉彗と沼津宙翔だった。

「もう神月って呼ぶなって言ったでしょ？」

璃星が頬を染めて言うと、沼津は「あ、ごめん」と焦《あせ》ったように手で口元をふさいだ。

〈神月〉〈Ｗｉｎｇ〉〈Ｋ〉……三人は、かつて所属していたイラスト研究部でそんなペンネームを名乗り、お互《たが》いを呼び合っていた。

当時ラインのＩＤ交換《こうかん》をした際もわざわざペンネームで登録し合っており、イラ研時代のことが黒歴史になっている璃星はすでに本名に修正したが、彼らのライングループには昔のままの名前が表示されているのかもしれない。

「たまたまここに天文台があるって聞いたから、どんなもんかと見に来たの。二人は前からこんなふうに会ってたの？」

「ううん、直接会って話すのは河村先輩《かわむらせんぱい》と同じ三年ぶりだよ。こんな偶然《ぐうぜん》あるんだね……」

ため息交じりにそう答えた上杉は、中学時代よりグンと背が伸《の》びて、随分《ずいぶん》あか抜《ぬ》けた印象だ。

実はけっこう腹黒くて小生意気な後輩、という本性《ほんしょう》を知らなかったら、璃星もちょっとときめいていたかもしれない……ちなみに以前、樹愛流から紹介《しょうかい》してと頼《たの》まれた時に「顔知ってるだけ」と断ったのは、関係を深掘《ふかぼ》りされて過去を知られたくなかったからだった。

「俺、昨日、天文部に入ったんだ。そしたら実はK……上杉も天文部員だったことがわかって、超《ちょう》ビビった」

久しぶり過ぎて緊張《きんちょう》しているのだろうか、どこかたどたどしく、やや硬《かた》い声と表情で話す沼津は、あまり変わっていない。正直もさっとしているな、と思ったけど、その変わらない不器用そうな感じに、安らぎを覚えた。

「え、上杉君、バスケ部じゃなかったの？」

「兼部《けんぶ》してるんだよ。でもこっちは完全に幽霊《ゆうれい》部員」

「沼津君はなんでこんな時期に天文部に？」

「北海道で満天の星を見て……なんか、グッときて。こういうのも、いいかもって」

「へえ、ロマンティック！」

「か、からかわないでよ……」

「二年生って文化祭終わったら受験モードでしょ？　なのにこのタイミングって、沼津先輩も余裕《よゆう》だよね」

「余裕とかないし、我ながらどうかと思ったけどさ……しかも入部してみたら、もう三年はほとんど来てないっていうし、二年は俺だけだし、唯一《ゆいいつ》の一年は幽霊部員っていうだろ。なんだよ、すぐ廃部《はいぶ》かよって思ったけど……」

「その一年生が上杉君だったんだ!?　あはは、マジウケるんだけど……！」

　消極的な性格の沼津がこんなイレギュラーな時期に入部届を出すなんて、よほどの勇気を振り絞《しぼ》ったに違《ちが》いないのに……。

　想像するとあまりに不憫《ふびん》で、けれどそれがこの奇跡《きせき》的な再会につながったことにはなんだか感動して、璃星は涙《なみだ》が出るくらい大笑いしてしまった。

「神っ……河村さん、笑いすぎ！」

「あははは、ごめんごめん。いや、すごいね。あはははは……」

「オレも話聞いて超笑った。そんな流れで、沼津先輩からオレに天文台案内しろって連絡《れんらく》がきて、三年ぶりの再会を果たしてたら、まさかの河村先輩まで登場したってわけ。——中、入ろうか」

天文台の内部は、巨大《きょだい》な望遠鏡と多少の機材が置かれた他《ほか》は何もない、すっきりした空間だった。壁《かべ》もドーム形の天井《てんじょう》も全部白で、クリーンな印象。

皆神《みなかみ》にこんなところがあるなんて……入学パンフレットには書いてあったかもしれないけど、ほとんどの生徒は知らないはずだ。

上杉が「オレも入部直後に教えてもらって以来なんだけど……」といいながら、望遠鏡の使い方を説明していく。

「はー、なるほどね……そういえば上杉君も星好きだって言ってたもんね。星座とか星の名前に詳《くわ》しくて……っ」

そこまで話したところで、うっかり黒歴史を思い出してしまい、璃星は頬《ほお》を引きつらせた。

実はイラ研時代、三人はそれぞれが冬の大三角形の星、「ベテルギウス」「シリウス」「プロキオン」の名前を付けたオリジナルキャラクターを作って、そのキャラたちが活躍《かつやく》するファンタジー漫画《まんが》を共同制作していたのだ。

三人とも思いっきり自己投影《とうえい》させたキャラクターで、恥《は》ずかしい二つ名とか技《わざ》名を連呼し、ご都合主義の設定と展開にまみれた「ザ・厨二《ちゅうに》漫画」だった。

（一生の不覚！　人生の汚《お》点《てん》！　過去のあたしのバカバカバカバカ……！）

「……星の話ってわりと女子受けいいんだよね」

「うわ、外見だけじゃなくて中身もチャラくなった！」

一瞬《いっしゅん》変な空気になりかけたが、上杉が何食わぬ顔で話をつないだので、璃星もすぐに持ち直す。

「爽《さわ》やかな好青年面《づら》して、女の子とっかえひっかえって噂よ？」

「人聞きの悪い。皆神ではまだ二人だし」

「●ね」

「あはは、沼津君、直球！」

「嫉妬《しっと》は見苦しいよ、先輩。モテたいなら、昔のよしみで特別レクチャーするけど？」

「…………いらねーしっ」

「迷った！　今グラッときたけど、プライドが邪魔《じゃま》して断ったー。あははははは」

『あの事件』以来、直接会うことはなかったメンバーだったけれど、不思議と居心地《いごこち》がよく、璃星はあんなに落ち込んでいたのに、話していると無理しなくても笑いが零《こぼ》れた。

　上杉の優等生オーラはかき消され、最初は緊張気味だった沼津も、すっかりリラックスした様子になって、ブランクなどなかったように会話が弾《はず》む。

（……樹愛流たちも、明日《あした》になったら元に戻《もど》ってるよね……？）

＊＊＊

「聖～？」と呼びかけられて、私は璃星ちゃんとのおしゃべりを止《や》め、教室の出口で待っていた高嶋君たちと部活へ向かうことにした。

「河村と話してるの、珍《めずら》しいな」

「うん、修学旅行で同じ部屋だったんだ」

置いてけぼりみたいにされて青ざめてたから、つい声を掛《か》けたけど、どう励《はげ》ましたらいいかわからず大阪《おおさか》のおばちゃんみたいなことしてしまった……。

神尾《かみお》さんたちと喧嘩《けんか》したのかな？　早く仲直り出来ますように。

「……女は怖《こわ》い……」

　ボソッと九十九君が呟《つぶや》くのが聞こえたけど、まだ自然に話せる気がしなくて、その意味を問い返すことはできなかった。

「そういえば、野田君は？」

「ちょっと用事があるから先に行くって」

　十一月も下旬《げじゅん》に入り、中庭の木々は赤や黄、茶色に衣替《ころもが》えをすませている。

　冷たく乾《かわ》いた空気の中に晩秋の匂《にお》いを感じながら、部室棟《とう》へと向かっていたら……ドサーッ。

目の前を歩いていた高嶋君と九十九君の頭上から、いきなり大量の枯《か》れ葉《は》がぶちまけられた。

「「!?」」

何事、と見上げると、木の上には慌《あわ》てた表情の、空の大きな籠《かご》を持ち、赤白帽《ぼう》をかぶった男子の姿が。

「ぺっぺっ、口の中に入った……って大和!?」

「どういうつもりだよ、野田!?」

全身にまみれた枯れ葉や砂を払《はら》いながら、抗議《こうぎ》する二人に、野田君は「すまん！」と謝るとすぐに地面に飛び降りてきて、大きく両手を顔の前に合わせる。

「おれのミスだ。手が滑《すべ》った！」

「何がしたかったの？」

私が問うと、野田君はグッと言いよどんでから、目をそらして、もう一度「すまん」と謝った。

「極秘《ごくひ》任務だから、明かすわけには……！」

相変わらず突拍子《とっぴょうし》もないことをする人だ、と呆《あき》れながら、連れ立って部室へ行くと、他の部員はみんな集まっていた。

全員でスタジオに移動して、バンドの練習をしたけれど……。


「――混沌《カオス》じゃな」


演奏を終えた一同に、莉夢ちゃんの容赦《ようしゃ》ない、しかし的確な感想が放たれる。

「混濁《こんだく》する旋律《せんりつ》。不揃《ふぞろ》いな拍子《ひょうし》。断末魔《だんまつま》の響《ひび》き……。この世の終わりのような不協和音じゃ」

個々人の演奏にミスが多いのもだけど、とにかく揃《そろ》わないんだよね……。

こんな状態が、もう四日目。

完全に泥沼《どろぬま》に陥《おちい》っていた。打開策が見つからない。

「修学旅行で大忙《おおいそが》しだったっていうし、疲《つか》れが残ってるんスかね～？　あ、そうだ！」

もはや言い合いをする気力もなく、ズーンと打ちひしがれる厨病ボーイズを見ながら、手を叩《たた》いたのは虎之助君だ。

「昨日、田舎《いなか》のじいちゃんが大量に野菜を送ってくれたんスよ。美味《うま》いもん食ったら元気出るかもしれないし、チームで鍋《なべ》パーティーしないっスか？」

「鍋か！　いいな！」

「やろうやろう、明日の昼にでも」

「各々《おのおの》の趣味《しゅみ》嗜好《しこう》に添《そ》った素材を持ち寄るのもまた一興だな」

「言っておくが、家庭料理はオレのテリトリーだぜ……？」

みんな大賛成で、沈《しず》んでいた空気がパッと明るくなる。

そうだね、何か違《ちが》うことをやってみるのはいいかもしれない。

「オーケー、明日の鍋パを楽しみに、集中《コンセントレーション》してレッツプレイだ！」

「「「おー！」」」

返事は良かったけど、その後もやっぱり演奏はずっとバラバラだった……ま、そんな急には上手《うま》くいかないか。

☆★☆

そして翌日の昼。

部室のこたつにはガスコンロと、沸騰《ふっとう》したお湯の入った土鍋《どなべ》が置かれ、その周囲に部員たちが勢ぞろいした。

「みんな、『鍋に合う好きな食材』は持ってきたな!? じゃあ、おれから出すぞ！」

推《お》し具材のお披露目《ひろめ》会で、先陣《せんじん》を切ったのは野田君だ。

「おれが持ってきたのは肉！　鍋なら鶏《とり》が好きだ！」

おお、まともだ……！　と思ったけど、野田君がバーンと取り出したのは鶏の骨付きモモ肉だった。

「骨付きってのがこだわりなのか？」

厨君に尋《たず》ねられ、野田君はキョトンとしたように目を瞬《またた》く。

「鶏肉って書いてあるから全部一緒《いっしょ》かと思ったんだが、違うのか？」

大雑把《おおざっぱ》！

「部位によって適した料理は違うんだよ。まあ、これはモモだから味は問題ないけど、食べにくいよね……」

「出汁《だし》とコラーゲンはよく出るかもな」

料理上手の従兄弟《いとこ》組のコメントに「食の道は奥が深いな」とうなる野田君。

まだそんな難しいことやってないからね!?

「あとおまけで、家に余ってたかまぼこも持ってきた！」

そんなに紅白が好き？


「俺の推し具材はこれ、『アイライブ！　麩《ふ》』。ちな空良ちゃんは俺のだから」

高嶋君が出したのは、『アイライブ！』のキャラのイラストが描《えが》かれたお麩。

文字通りの推し具材だー！

こんなものまで商品化されてるのか……『アイライブ！』の展開、ほんと幅広《はばひろ》いな。

「俺は魔界《まかい》にて採取された菌類《きんるい》三種を持参した」

中村君は椎茸《しいたけ》、エノキダケ、松茸……えっ、松茸!?

「しかも国産!?　すげー、竜翔院、リッチじゃん！」

「魔界産だ。この稀少《きしょう》種は折しも先日、この『中村和博《かずひろ》』という器《うつわ》の父親に当たる男が、任務遂行《すいこう》の謝礼としてクライアントから贈答《ぞうとう》されたもの」

「中村君のお父さんって、なんのお仕事してるの？」

「弁護士だ」

　へえ～、と感心する部員たちだけど。

「あの父ちゃんが弁護士……!?　『そうか。頑張《がんば》りなさい』しか言わないのに……!?」

　高嶋君だけはやたらと動揺《どうよう》していた。


「松茸……松茸じゃと……!?」

　莉夢ちゃんは頰《ほお》を染めてぶるぶる震《ふる》えていて、そんなに松茸好きだったのかと思いきや。

「エロすぎるぞ、竜翔院凍牙！　いったい誰《だれ》への性的アピール――」

「はいそこまで。――莉夢ちゃんは何を持ってきたの？」

「……妾《わらわ》は水死体のごとく膨張《ぼうちょう》する猛毒《もうどく》を宿し怪魚《かいぎょ》じゃ」

　何そのおどろおどろしいの!?　とギョッとしたけど、鍋用のふぐセットだった。

「鍋物にふぐはベストマッチだな。俺はアンコールとかけて、あんこうをチョイスしたぜ」

ゲン担《かつ》ぎとは、とんちが利《き》いてるね、厨君。

「なんかみんな豪華《ごうか》で、出すのが気が引けるけど……私はお豆腐《とうふ》。一応、スーパーで売ってる中で一番美味《おい》しいと思った銘柄《めいがら》なんだけど」

「安定の堅実《けんじつ》っぷり」

「実に聖瑞姫らしいな」

「なんか、癒《いや》されるっス、姐御《あねご》」


「さて、いよいよ本命の登場かな……オレが持ってきたのは、これだ」

バーン、と自信満々に九十九君がカバンから出したのは――『あごだし』。

「なんだこれ？」

ペットボトルの中に茶色の液体と、魚が丸々一匹《いっぴき》入っている。

「トビウオからとった出汁だよ。雑味が無く、スッキリしながらも深いコクがある独特の旨味《うまみ》が特徴《とくちょう》だ。これを少し入れるだけで料理がグッとレベルアップし、当然鍋も例外ではない……一説ではあごが落ちるほど美味《うま》いからこの名がついたとか」

「ふーん、よくわからないけど、めんつゆみたいなもんか？」

「素材を厳選した、一味違う万能《ばんのう》調味料ってこと！」

使い方はめんつゆと同じみたいだね。これまたいかにも九十九君らしいセレクトだ。

「しゃおらー、準備はいいな、野郎《やろう》ども!?　ガソリンガンガンぶっこむぞー！」

そんな気炎《きえん》を上げながら、虎之助君が食材を鍋に入れていく。

野菜は朝のうちに調理室に集まって、すぐに使えるように切ってあった。

「ああっ、兄貴、ネギや葉物はまだ早いっス！　最初は肉や魚とか、火が通りにくい野菜からなんスよ……おし、再沸騰してきたからそろそろキノコ入れやしょう。ストップ！　豆腐も絹ごしだから、最後に入れた方がいいっス！　先に入れたら崩《くず》れちゃうんで！」

他《ほか》の部員たちに指示を飛ばしながら、せっせと灰汁《あく》を取り除く虎之助君。

「こいつ……味オンチのくせに鍋奉行《なべぶぎょう》!?」

「味付けはあごだしが担《にな》うから安心だけど……釈然《しゃくぜん》としない」

「親が鍋には五月蠅《うるさ》くて、叩き込まれたんス！　ぶっちゃけオレはよく違いわかんないんスけどねー。あっ、もうこの辺の肉、煮《に》えてるっスよ！　早く取っちゃってください！」

ぐつぐつ……と煮え立つ鍋から、湯気と共にふわりと出汁や食材の香《かお》りが立ち上る。

たっぷりと汁《しる》を吸ってくったりした彩《いろど》り豊かな食材をお玉で紙の取り皿によそい、はふはふと息を漏《も》らしながら、今季初めての寄せ鍋を味わった。

「んまー！」

「味覚の秋だね……」

「愚《おろ》かなる虎よ、妾の器に勝手に肉を入れるでない」

「煮すぎると硬《かた》くなるからよー。こういう集会でダイエットとか野暮《やぼ》なことは言いっこなしだぜ」

「松茸、ヤバ……」

「零、このあごだし、どこで買った？」

「おい厨、空良ちゃんは俺のだって！」

「ふと、思い出す。俺はたとえばこんな食卓《しょくたく》のささやかな団欒《だんらん》を守るために、日々戦っているのだと……」

「……そうだ、何か音楽をかけるか」

わいわい鍋を囲んでいたところ、野田君がそんなことを言って、ステレオをいじる。

やがて、チャラララララ～♪　と、やたらとムーディーな曲が流れ始めた。

これは……「オリーブの首飾《くびかざ》り」!?

「なんでこの選曲？」

「手品でもやるのか!?」

「えーと、たまにはいいかと思ってだな……」

キョトンとする部員たちに歯切れの悪い言葉を返した野田君は、曲が終わると「そ、そうだ！」と気を取り直すように人差し指を立てた。

「闇鍋《やみなべ》をしようぜ！」

「ダークポット？　また唐突《とうとつ》だな……」

「だって何入ってるか、みんな知ってるっスよ？」

「それでも真っ暗にすると雰囲気《ふんいき》変わって、面白《おもしろ》いかもしれないぞ？」

みんな、怪訝《けげん》そうな顔を見合わせたけど、まあやってみるか、ということでカーテンを閉めて、灯《あか》りを消してみた。

コンロの火は付いているので、鍋の中身は真っ暗で見えないけれど、周りにいるみんなの顔が、ほのかに下から照らし出される。

「確かにこれ、ちょっとテンション上がるかも」

「前世で焚火《たきび》を囲んで夜営した記憶《きおく》が蘇《よみがえ》るな……」

囲んでいるのは普通《ふつう》の鍋でも、暗い中燃えている火を眺《なが》めながらご飯を食べるというだけで、非日常感が湧《わ》いてきて、ちょっと楽しくなってきたのだけれど。


「――これは、おれが六歳の頃《ころ》に起こった、血の凍《こお》るような恐怖《きょうふ》体験なんだが……」

突然《とつぜん》、神妙《しんみょう》な顔をした野田君が怪談《かいだん》のようなことを始めたので、またポカンとした。

「当時おれは冷蔵庫から取り出した一つの卵を、毎日ポケットに入れて過ごしていた……おふくろからその卵はひよこにならないって言われてたけど、ちゃんと温めたら生まれてくると信じていたんだ」

野田君があまりに真剣《しんけん》に話すので、訳が分からないなりに一同、静かに耳をそばだてた。

「ただ、おれはあまり寝相《ねぞう》が良くない。卵を抱《だ》いて寝たら、つぶして割ってしまうかもしれない……そう思って、夜の間は、湯を張ってふたをした風呂《ふろ》に、卵を沈《しず》めていた」

ふたをしたって一晩たつとお風呂は冷めるんじゃ……と思ったけど、あったかい季節だったのかな。

「毎日温めているうちに、卵に愛着も湧いてきた。ぴーこって名前をつけて、話しかけたり磨《みが》いたり……だが、五日目の夜、事件が起こった」

「いったい何が……？」

ゴクリ、と唾《つば》をのんで虎之助君が先を促《うなが》すと、野田君は、悲愴《ひそう》な表情で言葉を続けた。

「おれが寝た後、飲み会で夜遅《よるおそ》く帰宅した親父《おやじ》が、卵に気付かず風呂を追い焚《だ》きした。当時、うちの風呂は古い型で温度調整機能などなく、風呂が沸《わ》いたら手動で止める必要があったが、酔《よ》っぱらった親父はそのまま寝てしまい、風呂は高温で焚かれ続け……朝、卵はゆで卵になっていた」

「「「「……！」」」」

「煮立《にた》った湯の中のひび割れた卵を目撃《もくげき》した時の絶望は、今でも鮮《あざ》やかに――」

大真面目《おおまじめ》に語る野田君の声は、どっと沸き起こった爆笑《ばくしょう》に飲み込まれた。

「大和は『ぴーこおおお！』って大泣きしてたけど、この話は何度聞いても吹《ふ》く……！」

「まあ、卵を自分で孵《かえ》すってのはロマンだよな。ククク……」

幼き日の野田少年のショックがいかばかりかを想像すると、私も笑ってしまったけど、パチンと照明をつけた野田君は、「こんなはずでは……!?」と釈然としない様子だ。

「闇鍋もどきも、もうやめるんだね」

「あ、ああ……」

わざわざ部室を暗くしてあんな話をして、結局、何がしたかったんだろう……?

不思議に思いつつも、鍋に新しい具材を入れるため机の上の皿に手を伸《の》ばしたところ、野田君もちょうど同じタイミングで手を伸ばしてきて、ぶつかった。

「!」

直後、野田君の肘《ひじ》が机の端《はし》に置いてあった紙コップを倒《たお》し、畳《たたみ》の上に中身のジュースがぶちまけられる。

「うわ、何やってんだよ、野田」

「莉夢ちゃん、そこのふきん、とって!」

「汚染《おせん》が浸食《しんしょく》する前に、浄化《じょうか》せねば……」

慌《あわ》てて濡《ぬ》れた床《ゆか》を拭《ふ》いていたら、「おれ……」と声が聞こえた。

見ると、野田君は真っ赤になってふるふると身を震《ふる》わせていて。

「――おれは、ヒーロー失格だー！」

そんなことを叫《さけ》びながら、部室を飛び出してしまった。

野田君⁉

野田君はそのまま学校を早退して、部活もお休み。

翌日の土曜授業にも、欠席した。

高嶋君によると、昨夜《ゆうべ》は夕飯も食べに来なかったから、今朝、野田君の家に行ってみたけど、どうも留守のようだった、とのこと。

野田君、どうしちゃったんだろう？　今、どこで何をしてるの……？

　みんなでラインをしても未読、電話をかけても通じなくて、心配していたけど、ちょうど帰りのショートホームルームが終わった頃、グループラインにメッセージが届いた。

野田大和『心配かけてすまん。己《おのれ》を見つめ直すため、山に修行《しゅぎょう》にきている』

——山⁉

どゆこと⁉　と唖然《あぜん》としたけど、高嶋君は思い当たるふしがあるらしい、

「大和が行ってそうな山なら心当たりあるから、俺が迎《むか》えに行ってくるわ」

苦笑《くしょう》しながらそう言うと、他《ほか》の部員たちにも同じ内容をラインして、「じゃあな」とすぐさま下校していった。

即決即断《そっけつそくだん》の野田君のバイタリティに隠《かく》れがちだけど、高嶋君も、けっこう行動力あるよね。

「ま、野田のことだから散々周りを振《ふ》り回した挙句、けろっとした顔で戻《もど》ってくるでしょ」

「……うん、そうだね」

呆《あき》れたように肩《かた》をすくめる九十九君に、相槌《あいづち》を打つと、私もカバンを持って席を立つ。

「それじゃ、また来週」

「……バイバイ」

一呼吸おいてから手を振る九十九君に背を向けて、足早に教室を去った。

うう、今日はもともと部活がない日とはいえ、逃《に》げるように出てきてしまった……。

野田君のことは気になるけど、九十九君とも相変わらずギクシャクしていて、いっぱいいっぱいだった。

九十九君は「返事はいらない」って言ったけど、どういう意図なんだろう。

聞かなかったことにしろってこと？

でも、それだったらわざわざ伝えないよね？

とっさに答えを聞くのが怖《こわ》くなって、言ってしまった……なんてこともありえるけど。

何もなかったように振る舞《ま》うのは、気持ちをないがしろにすることにならないだろうか。

かといって、それならどう振る舞えばいいかというと、またわからないんだけど……。

第一印象は最悪に近かったけど、ヒーロー部で同じ時間を過ごすにつれて、色んな魅力《みりょく》的なところを見つけることができた。

困ったところはあるけど、今はそれも含《ふく》めて好きだなと思うようになったし、一緒《いっしょ》にいて楽しい。

でも……。

私が彼に対して抱《いだ》く「好き」はヒーロー部の仲間として、だ。

思わせぶりなことはしたくないし、かといって冷たくするのも違《ちが》う気がする。

このままギクシャクしたままなのも、疎遠《そえん》になってしまうのも嫌《いや》だ。

傷つけるようなことになるくらいなら、何もなかったふりをするべき？　でも、それはやっぱり不誠実じゃない？　だけど……。

考えれば考えるほど、頭がぐちゃぐちゃになって、感情も乱れて、どうしたらいいかわからなかった。

はあ……とため息を漏《も》らしたところで、スマホが震えた。

画面を見ると、厨君から「話がしたい」とラインが届いていた。

第三章 それは悠久の星の光のように

厨君から待ち合わせに指定されたのは、学校の近所のフルーツパーラー《ラフレーズ・シエル》。

カランカランとベルを鳴らしながら濃《こ》い茶色の木の扉を押し開けると、明るい店内の奥の窓際《まどぎわ》の席に、オリーブ色の髪《かみ》の男子がすでに到着《とうちゃく》していた。

「お待たせ」

「ああ。――野田のライン、サプライズだったな。いきなり山とか」

「ほんとに。野田君らしいっちゃらしいけど、行動読めないよね……」

「とりあえず、何か頼《たの》むか？　軽食もあるみたいだぜ」

お昼時なので、私はフルーツサンドセットを、厨君は栗《くり》とベーコンのクリームパスタセットを注文。

「……ん、フルーツサンド、美味《おい》しい」

「中村も太鼓判《たいこばん》の店だからな。――前に零が瑞姫をここに誘《さそ》って、瑞姫がオーケーした直後、中村がド天然で『俺も行く』って割り込んだことあっただろ。あの時は腹筋崩壊《ほうかい》するかと思った」

……え。もしかして厨君、知ってたの……!?

「前にヒーロー部のみんなで食べに来た時のこと？」

「イエス。せっかく口実つくってデートにこぎつけたと思いきや、オールメンバーで行くことになったんだよな」

クク……と思い出し笑いをする厨君。

なんと……そんな裏話があったんだ。そういえば、あの時この人、やたら笑ってたっけ。

「厨君は知ってたんだ？」

「あいつ、わかりやすいからな。気付いたのは……確か、一年の体育祭」

そんなに前から!?

顔が火照《ほて》るのを感じながら、とっさに返す言葉がでなくて、もぐもぐ、と昼食を口に運ぶ。

湧《わ》きおこる色んな感情に、フルーツサンドの味もよくわからなくなってくるけど、ごくんと飲み込んだ後は、甘酸《あまず》っぱい余韻《よいん》が舌先に残った。

お互《たが》い、それ以降は言葉少なに食事を摂《と》り、全《すべ》てのお皿が空になったタイミングで、厨君が切り出した。

「――零に告られたんだろ？」

今日の、本題だろう。

「九十九君に聞いたの？　あ、もしかしてあの時、用事があるって離《はな》れたのは……」

「二人きりにしてやろうと思って。でも、零からは何も言われてないし、告ったってことだけは聞き出したけど、詳《くわ》しいことは全然。……なんて言われたんだ？」

「…………私のことが、好きだって。あと、返事はいらないって」

へえ……、とちょっと驚《おどろ》いたように目を瞠《みは》ってから、厨君は運ばれてきた完熟キウイジュースのストローに口をつける。

私もバナナごまスムージーをずうっとすすった。

「迷惑《めいわく》だった？」

「迷惑ってことはないよ。すごくビックリしたけど、嬉《うれ》しかったし……でも、どうしたらいいか、わからない。……返事はいらないっていうなら、どうして言ったんだろう？」

厨君は腕《うで》を組んでしばらく考えるそぶりを見せていたけど、「なるほどな」と独り言《ご》ちると、机に両肘《りょうひじ》を乗せて、私に視線を合わせた。

「見た感じ、今すぐ零と付き合うって、瑞姫的にはないだろ？」

いきなりズバッと斬《き》り込まれて少し驚いたけど、正直に頷《うなず》く。

「うん、考えられない」

「零もそれを分かってて、負け戦《いくさ》でもステージに上がりたかった。とにかく恋愛《れんあい》対象として意識してほしかったんだよ」

「…………」

「その上で返事はいらないって言ったのは、別にいつものヘタレじゃなくて、ヒーロー部の関係が壊《こわ》れるのが嫌だったからだろう。両想《りょうおも》いでない以上、振《ふ》った側も振られた側も気まずくなって、今までの関係じゃいられなくなる。告っちまった時点で『今までの関係』ではなくなるわけだが、自分のせいで部がバラバラになるのは避《さ》けたかったんだと思うぜ」

「…………なるほど……」

それは、とても納得《なっとく》のいく話だった。

私も自分の迂闊《うかつ》な言動のせいで、彼がヒーロー部を離れることになったらと想像すると、怖《こわ》かったから。

「結局なんかギクシャクしてるけどさ……対応に悩《なや》んでるなら、返事とかあんま気にしないで、宙ぶらりんでも表向き、何もなかったことにしとけ。たぶん、零もそれでいいと思ってる」

「……宙ぶらりんって辛《つら》くない？」

「辛いだろうな」とすぐに頷かれて、ぐっと胸が締《し》め付けられる。

「でも……あいつって基本はみ出し者でろくに友達いなかったし、おまえらが初めての仲間なんだよ。ひねくれたことばっか言っててもヒーロー部のことは絶対大事に思ってて、でもそれを失うかもしれないってリスクを抱《かか》えても、瑞姫に想いを伝えたかった。あの小心者が、それだけの覚悟《かくご》で言ったんだ」

「…………」

「俺も最初は面白《おもしろ》がってるだけだったけど、あいつの本気をずっと見てきたから、簡単に振って欲しくない」

真剣《しんけん》な眼差《まなざ》しでそこまで話すと、厨君はジュースを手に取り、喉《のど》を潤《うるお》した。

「……九十九君に友達いなかったっていうけど、厨君がいたんじゃない？」

「ノー。つるむようになったのはヒーロー部に入ってからだぜ。別に今でも友達とかじゃねーし」

ここまで理解し合って、一生懸命《いっしょうけんめい》になって、友達じゃなかったらなんなんだ……。

「あ、『身内』だったっけ」

いつかのことを思い出して少しからかうように言うと、厨君は二、三度瞬《まばた》きしてから、みるみる顔をしかめて、そっぽを向いた。

頬杖《ほおづえ》をついてうざったそうにため息を吐《つ》いたけど、かすかに赤面している。

「そういうとこ、九十九君に似てるよね」

「はあ？　勘弁《かんべん》しろよ」

血筋かな……とにまにましていたら、バツが悪そうにしていた厨君が、不意にポツリと言った。

「……色々想像してたつもりだったけど、リアルで起こると、違《ちが》うよな……」

「……そうだった？」

「ああ……散々煽《あお》ってたけど、正直、零がガチで告るとは思ってなかったし。他人の行動はおろか……自分の気持ちすら、まともに予測も把握《はあく》も出来てなかった。……軽率《けいそつ》だったかも」

自嘲《じちょう》するような笑《え》みを浮《う》かべながら、目を伏《ふ》せる。

いつも自信満々の彼が、初めて見せる表情だった。


何も言えずにいたら、少しの沈黙《ちんもく》の後、「……俺もさ……」と再び厨君が口を開いた。

「今のおまえらとの時間が嫌《きら》いじゃないんだ。だから、それが壊れるかもって思ったら、動揺《どうよう》した」

「厨君がバンドで調子が悪かったのは、それでだったんだ……あっ、もしかしたら、野田君も？　直感鋭《するど》いから、なんとなく気配を感じ取って……それにしては、不可解な行動が多すぎるけど」

「……あー、どうなんだろうな……」

曖昧《あいまい》に答えると、厨君はもう空になっていたグラスをズズッと吸って、窓の外を見た。

私も自然と、ガラス越《ご》しの空に視線を向ける。

十一月の空はどんよりと雲に覆《おお》われて、いつ泣き出してもおかしくない、沈鬱《ちんうつ》な面差《おもざ》し。

……高嶋君は、ちゃんと野田君に会えたかな……。

＊＊＊

「やべえ、迷った……」

自宅の最寄《もよ》り駅から二時間ほど電車を乗り継《つ》いだ先にある山の中で、智樹は地図を片手に冷や汗《あせ》を垂らしていた。

この山の一部は野田家の私有地となっており、小中学校時代は智樹の家族も誘《さそ》われて、ときどき一緒《いっしょ》にキャンプなどを楽しんだ土地だった。

その中でも大和が「修練場」と呼ぶお気に入りの場所があったから、きっと大和がいるのはここに違いない、とやってきたはいいが、どこも木が生《お》い茂《しげ》るばかりの似たような景色。

スマホは電波が届いたり届かなかったりで、普段《ふだん》使いしている地図アプリが使えず、いつのまにか智樹は方角を見失いつつあった。

「落ち着け俺。『迎《むか》えに行ってくる』とか言って遭難《そうなん》したらダサすぎるぞ……」

焦《あせ》る心を鎮《しず》めようと、目を閉じて愛《いと》しい推《お》しのことを考える。

（アニメ『アイライブ！』五話は山で川遊びする水着回だったな……キラキラと舞《ま》う水《みず》飛沫《しぶき》の中、キュートな水着姿で戯《たわむ》れる空良ちゃんたちの姿はマジ天使でヒーリング効果抜《ばっ》群《ぐん》だったぜ……）

ほわわん、とリラックスした智樹の耳に、さらさらとせせらぎのような音がかすかに響《ひび》いた。

「ハッ、空良ちゃん……そっちか、そっちにいるのか!?」

全神経を聴覚《ちょうかく》に集中させ、音のする方へと向かった智樹は、見事小川の付近へとたどり着く。まことに残念ながら空良ちゃんの姿はなかったが、見覚えのある風景だった。

「やった！　ここまで着いたらわかるぜ。やっぱ空良ちゃんは、俺の救いのエンジェル……！」

迷ったと思ったが、幸いそれほど道は逸《そ》れていなかったらしい。

智樹は力強い足取りで、目的地へと歩み出す。

――大和を迎えに行くと部員たちに一斉《いっせい》送信した直後、個別ラインが届いた。

厨二葉『そっちは任せた』

厨は以前から九十九の聖への気持ちに気付いていた。

最近の様子を見るに、きっと告白したことも知っていて、自分も向こうで何らかのフォローに当たるつもりなんだろう……。

そう察した智樹は『お互《たが》いにな』と返信すると、よし、と自分に気合を入れた。

今のままじゃバンドどころじゃないし、ヒーロー部としてもこの後の動向次第《しだい》では大きく在り方が変わってしまう、そんな山場を迎えている気がした。

（まさか九十九が告るとはなあ……内部から破壊《はかい》をもくろむエージェント、とか自称《じしょう》してたけど、マジにそうなりかけてるじゃねーか。でも、いくら現場を目撃《もくげき》したからって大和があそこまで動揺するなんて……）

「……よし、ここを抜《ぬ》ければ――」

茂みを抜けた先で智樹の視界に飛び込んできたのは。

上半身裸《じょうはんしんはだか》で合掌《がっしょう》して滝《たき》に打たれる大和の姿だった。

「……大和ー。その辺にしとけ、風邪《かぜ》ひくぞー！」

大声で呼んだが、滝の音がうるさいためか、聞こえていないようだ。

それでも両手を大きく振《ふ》りながら「大和ー」と川原から呼び続けていたら、何か気配を感じたのか、大和がこちらを見て、滝の下から抜け出してきた。

ブルブルブルッと頭を振って水気をきってから、「智樹!?」とこちらへやってくると、置いてあったバスタオルを羽織る。

「ぶえっくしょん！」

「あー、ほら、とりあえず早く服着て、体をあっためろ」

水筒《すいとう》に入れて持ってきた熱いほうじ茶をふたに注ぎ、温かい格好に着《き》替《が》えた大和へ渡《わた》すと、智樹は濡《ぬ》れていない手ごろな岩の上に腰《こし》を下ろした。

大和も盛んに湯気を立てるほうじ茶をふうふうしながら、隣《となり》に座る。

「……で、『ヒーロー失格』って、どうしてそう思ったんだ？」

智樹が質問すると、大和は視線を手元のお茶に向けながら、思いつめた口調で語り出した。

「おれ……パープルがピンクのことを好きだって知って、二人の仲を取り持とうと思ったんだ。それで、西園寺《さいおんじ》に『告白を成功させるのに大事なことはなんだ？』って聞いたら『ロマンティックなムード作りですわ』っていうから、色々やってみたんだけど……」

それは告白する時に大事なことだろ、いきなりズレてるぞ……と思ったけど、そこは口には出さないことにして。

「もしかして枯《か》れ葉《は》を落としたり、いきなり変な曲かけたりしてたのは、そのため？」

「ああ。でも上手《うま》くいかなくて。『吊《つ》り橋効果』っていって、二人で怖《こわ》い思いをしたらそのドキドキが恋《こい》のドキドキに似てるから好きになりやすい、ってのも聞いたことがあったから、怖い話をしてみたんだけど、それも駄目《だめ》だった」

（唐突《とうとつ》な闇鍋《やみなべ》と怪談《かいだん》もどきも、そういう意図があったのか……）

「でも、作戦が失敗したのに……残念というより、なんかホッとしてるんだ。仲間を応援《おうえん》してやるのがヒーローの務めのはずなのに、おれはそれができない」

大和が苦し気に続けた言葉に、智樹は息をのむ。

「二人のことを祝福できないこんなおれは、ヒーロー失格だ……！」

本気で悩《なや》んでいる幼馴染《おさななじみ》に、智樹は躊躇《ためら》いながらも、うすうす感じていた疑問を、ついに口にした。

「――聖のことが、好きなのか？」

「……？　もちろん好きだが？」

「じゃなくて！　恋してるのかって聞いてるんだよ」

大和はキョトンとしていたけれど。


「！？！？！？」

突然《とつぜん》、ボッと顔面が一気に真っ赤になった。


「ここここ恋⁉　こ、これが、そうなのか⁉」

「話を聞く限りは。あと、聖が触《さわ》ろうとしたらよけたり、実際手が触《ふ》れたら真っ赤になって狼狽《うろた》えたり……」

「それは……パ、パープルがピンクを抱《だ》き締《し》めて……」

(抱き締めて⁉)

「好きって言ってるのを見て、おれたちの間でもそういうのってあるんだっていうか……それでなんか急に、恥《は》ずかしくなったというか、やたらと緊張《きんちょう》してきて……」

「今まで別世界のように思ってた恋愛《れんあい》が仲間内で発生して、聖を女子として意識するようになったわけだ」

「……そうかもしれない」

コクリと頷《うなず》く大和。

一年の交歓《こうかん》祭で、聖が天照寺《てんしょうじ》に告られた時はピンと来てなかったようだったが。


（大和も変わっていくんだな……）


感慨《かんがい》と、少しの寂《さび》しさを覚える智樹だが、大和は「だけど……」と眉《まゆ》を寄せた。

「これは恋なのか？　やっぱりよくわからないぞ」

「大和にとって聖って、どんな存在なんだ？」

「……ピンクは、おれたちをいつも見守って支えてくれて……傍《そば》にいたら力が湧《わ》いてきて、なんだってできる気がする。初めてピンクを見た時、パアッと光って見えて、ドキドキして、体が熱くなった。ピンクが笑ってると嬉《うれ》しくなるし、悲しそうだと笑わせたくなる。おれにとって特別な存在で、千人の中に紛《まぎ》れ込んでいても、きっとすぐに見つけ出せる」

「……それって完全に……」

「でも」と大和は澄《す》んだ瞳《ひとみ》でこちらを見る。

「それは智樹も同じだ。一万人の中に紛れ込んでても見つけ出す自信はある」

「………おう」

真顔で明言されて、智樹は思わず赤面した。

（不意打ちで恥ずかしいこと言いやがって……！）

「おれにとって、ブラックも、パープルも、グリーンも、虎之助も、莉々夢も、みんな形は違《ちが》うけど特別で、大切だ。ずっと一緒《いっしょ》にいたい、かけがえのない仲間だ」

「……聖と付き合いたいって思う？」

「付き合うとかはよくわからない」

「キスしたいとか」

「!?　いやいやいやいや！」

再び真っ赤になってわたわたブンブンと両手と首を横に振る大和。

「独占《どくせん》したいとか」

「別に……」

（女子としては意識するようになったけど、その先はまだ曖昧《あいまい》な感じか……？）

「大和が今一番望むことはなんだ？」

　智樹の問いに、大和はまっすぐに即答《そくとう》した。


「ヒーロー部のみんなと、ずっと一緒にいたい」


　ふむ……と腕《うで》を組んで少し考えてから、智樹は口元を緩《ゆる》めた。

「それなら、無理に答えを出さなくてもいいんじゃないか？」

「だが、パープルを応援できないのは……」

「心の底では応援したくないと思ってるからだ。自分の意思を抑《おさ》え込んで、やりたくないことをやるのがヒーローか？　違うだろ。そりゃ妨害《ぼうがい》とかしたらヒーロー失格だろうけど、応援したくないなら、しなくていい」

　その心情の奥に、恋愛感情があるのかはまだわからないけれど。

「大和は、いつも通りのヒーロー部が良くて、二人に変わってほしくないと思ってるんだ。なら、それでいいじゃん。……俺はあいつらがどんな選択《せんたく》をするかはわからないけど、九十九も聖も、根っこにある気持ちは大和と同じだと思うぜ」

「…………！」

『務め』とか『できない』とかでごちゃごちゃ悩んでるなんて、らしくねーぞ」

智樹は腰《こし》を上げて、大和の真正面に仁王立《におうだ》ちして、告げる。

「大和は、大和が本当にしたいことをすればいい」

大きな瞳が瞠《みは》られて、さあっと風が吹《ふ》き抜《ぬ》けた。

「……サンキュー、智樹」

大和はグイッとお茶を一気飲みすると、「とうっ」と宙返りをして、岩の上に着地した。

「一つ、人より力持ち。二つ、不屈《ふくつ》の闘争《とうそう》心。三つ、みんなの笑顔《えがお》のために——」

口上と共に両腕をぐるぐるとまわして、ビシイッと決めポーズ。

「おれ、推参！」

全身に活力をみなぎらせ、溌剌《はつらつ》と声を響《ひび》かせる大和は、すっかりいつもの調子をとり戻《もど》したようだ。

「——よし、智樹。文化祭に向けた決起集会をしようぜ！」

「ああ、鍋《なべ》パの仕切り直しに、いいんじゃねーか。具体的には何するんだ？」

「何がいいかな～……そうだ、星！　前に天文台を見つけた時、言ってただろ。名雪《なゆき》先生や氷雨《ひさめ》も呼んで、星空観察会をしよう！」

生き生きとした表情で楽しそうに計画を立てる幼馴染《おさななじみ》にホッとしながらも、智樹は思わず心の中でツッコんだ。

（大和……意識しない方がロマンティックなことできるんじゃねーか……）

＊＊＊

厨君は「宙ぶらりん」でいいって言ったけど、中途半端《ちゅうとはんぱ》にキープみたいなことはしたくない。

やっぱり、九十九君とちゃんと話した方がいいよね……だけど……。

自分の部屋でスマホを片手にベッドに座ったまま、なかなか踏《ふ》ん切《ぎ》りがつかないでいたところ、電話が鳴り出した。

「野田君!?」

『ピンク！　明日《あした》の夜、星空観察会をするぞ！』

「——明日!?　いきなりだね」

『もう名雪先生のオーケーはもらった。夜の七時に旧校舎の屋上！　絶対来いよ！』

　それだけ言って、切れてしまった。

　……強引《ごういん》だな……でも、元気になったみたいで、良かった。

　胸《むね》を撫《な》で下ろしていたら、またすぐに、野田君から着信。

『言い忘れてた！　心配かけて悪かったな。でも、もう大丈夫《だいじょうぶ》だ』

「うん、良かった。山で答えを見つけたの？」

『いや、色々悩《なや》んだけど、結局わからなかった！　だけど、大事なことは思い出した……ピンク』

　少しシリアスなトーンになったので、ドキッとする。

「何？」

『おれはヒーロー部が大好きだ！』

元気いっぱいに響いた声に、一瞬《いっしゅん》呆気《あっけ》に取られてから、ふっと全身の力が緩み、顔がほころんだ。

「うん……私も好きだよ」

そう伝えると、野田君はへへっと笑って、『じゃあ、また明日！』と電話を切った。

……相変わらず、嵐《あらし》みたいな人だ。

そして、眩《まぶ》しい光で照らしてエネルギーをくれる、太陽みたいな人。

――よし、と自分に気合を入れて、ラインの九十九君とのトーク画面を開く。

次の瞬間、シュッという音とともに、メッセージが届いた。

九十九零『明日の星空観察会のこと、聞いた？』

すごいタイミングに驚《おどろ》きながらも、『うん。いつもながら急でビックリしたけど、参加するよ』と返信する。

九十九君も参加するなら、その前に話ができないかな、と思ったところで、新着メール。

九十九零『もし可能なら、その前に少し、会って話したいんだけど』

☆★☆

星空観察会の集合時間の四十分前。

九十九君との約束の十分前に指定された公園に行くと、皓皓《こうこう》と光を放つ自販機《じはんき》の前に、ダウンジャケットを着た長身の赤髪《あかがみ》男子の姿があった。

ゴトッと落ちてきた商品を取ろうと屈《かが》みこんだ後ろ姿に。

「――オレの背後に立つのは、危険だからオススメしないぜ？」

そう呼びかけたら、九十九君は「わっ」と体を揺《ゆ》らしてから、こちらを振《ふ》り返った。

「……一人で待たせたら危ないから、遅《おく》れてもいいから早く来ちゃ駄目《だめ》っていったのに」

少し決まりが悪そうに微苦笑《びくしょう》しながら、咎《とが》められる。

学校からそう遠くないところにあるこの公園は、滑《すべ》り台やブランコなどの一般《いっぱん》的な遊具が置かれた、小規模だけど子どもたちが鬼《おに》ごっこしたりする広さはある、普通《ふつう》の公園。

よく整備されて照明もしっかりしてるけど、それなりに草木の茂《しげ》みもあるし、夜ということで心配してくれたらしい。時間だけ見れば、まだ六時台なんだけどね。

「ありがとう。でも、九十九君ならもう来てるかなと思って」

「…………」

九十九君は小さく息を吐《は》くと、無言でもう一度背を向けて、自販機のコイン投入口に硬《こう》貨《か》をチャリンと落とした。

「緑茶でいい？」

「え、うん……お金」

「いいよ。来てもらった手間賃ってことで」

はい、と温かいペットボトルを渡《わた》されて、お言葉に甘えることにした。

「ご馳走様《ちそうさま》です」

「……粗《そ》茶《ちゃ》ですが」

ボソッとそう言うと、九十九君は缶《かん》コーヒーのプルタブを開けて、ゴクゴクと飲んだ。

そういえば、ブラックコーヒーを飲んでも、最近はもう苦そうな顔しなくなったな……。


……やばい、なんかすごく緊張《きんちょう》してきた。

もともと緊張してたけど、ここにきて、一気に体が強張《こわば》ってくる。

何を話すつもりなんだろう？　私はうまく答えられるだろうか？

言いたいことを、ちゃんと伝えられる……？

喉《のど》がカラカラに渇《かわ》いてきて、もらったお茶を、コクンと流し込む。


「――困らせてごめん」

空き缶をゴミ箱に捨てると、こちらに向き直って、とうとう九十九君が口を開いた。

「あの時返事はいらないって言ったのは、すぐ付き合いたいってわけじゃなくて、いや付き合えたらそれが一番だけど、ただ気持ちを伝えたかったから。……もうこれ以上、抑《おさ》えきれなくて」

頬《ほお》を真っ赤に紅潮させた彼につられるように、私も顔が熱くなった。

「自覚したのは去年の夏頃《ごろ》だったけど、たぶん最初から聖サンのことが気になってたから、絡《から》んでた。一緒《いっしょ》にいればいるほど、どんどん好きになって、もう頭がおかしくなりそうなくらい、好きだ。こんなに好きになる人、この先絶対いないと思う」

鋭《するど》い真摯《しんし》な瞳《ひとみ》に、情熱が滲《にじ》む声に、溢《あふ》れ出すような言葉に、息をのむ。

「聖サンがオレをそういうふうに見たことないのはわかってる。でも、どうしたって、諦《あきら》められないから……長期戦でいいんだ。オレ、これから絶対もっといい男になるから、見ててほひっ……」

……噛《か》んだ……！

「見ててほしい」

キリッとした顔で言い直されたけど……。

「…………ふっ……ふふっ……」

こみ上げてくるものを堪《こら》えきれず、笑い声を漏《も》らす私に、九十九君はガクーッと肩《かた》を落とした。

「……死にたい……」

「ごめん。だってもう、やっぱり、九十九君だなって思って……！」

ツボに入ってしまって、目の端《はし》に滲んできた涙《なみだ》をぬぐいながらも……胸は、キュンとしていた。

「あのね……今まで通り、過ごさせてもらっていい？　私は今のみんなとの時間が好きで、誰《だれ》かと付き合うとかは、まだ考えられない」

考え考え、ゆっくりと、素直《すなお》な気持ちを口にする。

「だから……言ってもらったことを、なかったことにはしないし、できないけど、何もなかった風に過ごしたい。いつものヒーロー部みたいに……。でも、ちゃんと、考えるから」

九十九君の目が、ハッとしたように瞠《みは》られる。

抱《だ》き締《し》められた時、力強さとか骨格とかで、彼も男の子だったんだ……みたいなのを実感したし、耳に押し当てられた鼓動《こどう》の速さや体温の熱で本気が伝わってきて、ドキドキした。

今も、笑ってしまったのは、その前の告白がまるで別人みたいに見えてドキドキしていたからだ。

肝心《かんじん》なところで噛んじゃうのがほんと残念だけど、それだけ一生懸命《いっしょうけんめい》なんだよね。

……ここまで言ってくれるなら、もしかしたら。


いつか、九十九君の「好き」と同じ「好き」を返せる日がくるのかも……？


「そんなに想《おも》ってくれてありがとう。気持ちに応《こた》えられるかはわからないけど……ゆっくりでいいなら、考えてみる。それでいいかな？」

「問題ない！　……ありがとう」

九十九君は力強く頷《うなず》くと、はあーっと大きく息を吐き出して、その場にしゃがみ込んだ。

「よかった……」と安堵《あんど》したような笑《え》みを浮《う》かべる。

「……でも、ほんとに、そんなに期待しないでね？　すごーく時間かかるかもしれないし。もし辛《つら》かったり嫌《いや》になったりしたら――」

「オレを見くびってもらっちゃ困るよ、聖サン」

釘《くぎ》を刺《さ》す私に、立ち上がりながらいつもの調子に戻《もど》って、すかした態度で肩をすくめてみせる九十九君。

「ちなみに現時点で可能性って何パーセントくらい？」

「……二十パーセント？」

「意外と高い」

「E判定だよ!?」

はっ、うっかり容赦《ようしゃ》ないツッコミを入れてしまった。

九十九君はうぐっとひるんだけれど、すぐにニヤリと悪役めいた笑みを浮かべ、言った。

「世界をひっくり返してやろうじゃないか」


……この人、ほんと打たれ強いよね。凹《へこ》んでもへこたれないというか……。

「だが、今日のところはとりあえず、あの馬鹿《ばか》たちと無為《むい》な時間を浪費《ろうひ》しに行くとしよう――」

☆★☆

皆神高校へと向かう道中で、「ヘイ！」と後ろから呼びかけられたと思えば、厨君だった。

「聞いたか？　急な招集だったけど全員参加らしいぜ。みんな暇《ひま》だよな」

「そういう二葉もでしょ」

「俺はなんとか都合つけたんだよ」

正門のところで、野田君と高嶋君とも合流。

「ちゃんと晴れて良かったな！」

「まー、空良ちゃんは晴れ女だから、大丈夫《だいじょうぶ》だろうとは思ったけどなー」

意味不明な根拠《こんきょ》を、と思ったところで、ピコンとグループラインに新着メッセージ。

中村和博『手筈《てはず》は整った。今宵《こよい》、約束の丘《おか》にて、待つ』

なんのこっちゃ、と思いながら、旧校舎の屋上へと行ってみると――。

「「「「「!?」」」」」

床《ゆか》に、青白く光り輝《かがや》く巨大《きょだい》な魔法陣《まほうじん》が描《えが》かれていた。

「一同、手と手を重ねて円環《えんかん》を形成し、宇宙の声に耳を澄《す》ますのだ……」

魔法陣の中心に立ち、眼鏡を光らせた中村君が仰々《ぎょうぎょう》しくのたまう。

「悠久《ゆうきゅう》の宇宙エネルギーと一つになることで、色即是《しきそくぜ》空《くう》、空即是《くうそくぜ》色《しき》の境地へと至る秘術、星界融和《せいかいゆうわ》術。部内にくすぶっていた不穏《ふおん》な波動を浄化《じょうか》し、個々人の迷いを断《た》ち切ることが可能となるだろう」

……あ、部員たちの様子がおかしいのを彼なりに心配して、また謎《なぞ》の怪《あや》しい術で解決しようとしてるっぽい？　ちなみに、光っているのは魔法陣形に敷《し》かれた電飾《でんしょく》コードである。

「……やべー、なんか、癒《いや》される……」

「中村……おまえはそのままでいてくれ……」

高嶋君と厨君から肩《かた》や背中をポンポンと叩《たた》かれて、「む……？」と不可解そうに首を傾《かし》げる中村君。

「色々考えてくれてありがとな、ブラック！　だが、もう大丈夫だ！」

「とりあえず電飾は消すよ。こんなピカピカ光ってたら、星見るのに邪魔《じゃま》でしょ」

「待て、準備にどれほどの幽玄《ゆうげん》の時を費《つい》やしたと――」

中村君は抵抗《ていこう》したけど、その後到着《とうちゃく》した名雪先生と氷雨さんからも「邪魔ですね」「邪魔だ。早く片付けろ」と言い渡《わた》され、ガーンとショックを受けつつも、無念そうに電源を切った。あなたの友情は伝わってるよ……。

一年生たちは既《すで》に先に来ていた。

「残念っスね、竜翔院先輩《せんぱい》。オレ、せーかいゆーわ術？　やってみたかったっス」

「フッ、松丸虎之助よ、おまえは継承《けいしょう》者に相応《ふさわ》しい資質の持ち主だ。いつか時が満ちたら、俺が直々に伝授してやろう……」

「ひ、秘術を直々に伝授じゃと……!?　そんなん確実にエロいやつ！　ナニをナニと融和する気じゃ、《ピー》で忘我の極致《きょくち》に達しようというのかハアハア……」

莉夢ちゃん、また駄目《だめ》な妄想《もうそう》してるな……。

中村君が電飾を消すと、屋上の光源は月明かりと、氷雨さんと名雪先生が持つ懐中《かいちゅう》電灯だけになった。

「光が赤いんですね……」

「通常の懐中電灯の光では眩《まぶ》しすぎるからな。赤い光は目への影響《えいきょう》が少ない」

「僕は普通《ふつう》の懐中電灯を赤いセロファンで覆《おお》っています。帰り道や緊急《きんきゅう》時にはセロファンを取れば元の明るさに戻せますから便利ですよ」

ほうほう、そんな裏技《うらわざ》があるんだね。

「全員揃《そろ》ったか？」

「待ってください。あと一人……」

氷雨さんに名雪先生がそう言って、あと一人？　と不思議に思っていたら、ギイ……と遠慮《えんりょ》がちにドアの開く音がした。

「お、遅《おく》れてすみません……」

「沼津！　よく来たな！」

少しおどおどした様子で入ってきた前髪《まえがみ》が長めの男子に、快活に駆《か》け寄る野田君。

「沼津君は先日天文部に入部したのですが、部員が三年生ばかりでほとんど活動できていないと聞いたので、声を掛《か》けてみたんです」

へえ、天文部……！

「北海道の星、綺麗《きれい》だったもんな」

「……まあ、そんなとこ」

ぶっきらぼうに答える沼津君だけど、あの夜の星空がきっかけで自分の世界を広げようと動き出したのかもと思うと、ちょっとじんとした。

「それでは、星空観察会を始めましょうか。天文台に入る前に、まずは今夜の全体の空を眺《なが》めてみましょう」

名雪先生の言葉に、いっせいに上空を見上げる。

この辺りは都心から外れているから、東京にしてはよく見えると思うけど……。

「……北海道に比べると、やっぱ全然見えないよな」

「あの星空を見た後だとどうしても寂《さび》しく思えてしまいますね。都会では街灯《あか》りが明るいので、五、六等星はほぼ肉眼では捉《とら》えられなくなるんです」

「『等星』ってなんだ？」

「星の明るさを表す単位です。夜空で最も明るい星が一等星。次が二等星、三等星……と数が増えるたびに暗くなっていって、だいたい肉眼でギリギリ確認《かくにん》できる明るさの星が、六等星となっています。一等星が二十一個しかないのに対し、六等星は五千個以上あるので、暗い星が見えるかどうかで星空の見え方は大きく変わるんですね」

　なるほど……。

「冬の星座で一番見つけやすいのは、二等星の三つ星が並んだ、鼓《つづみ》形のオリオン座ですね」

「オリオン……ギリシャ神話では海の神ポセイドンの子で、逞《たくま》しい美丈夫《びじようふ》だったが、その傲慢《ごうまん》さが女神《めがみ》ヘラの怒《いか》りにふれ、ヘラの放った蠍《さそり》の毒に刺《さ》されて死亡した」

　ギリシャ神話大好きっ子な中村君が嬉《き》々《き》として語り出した。

「そんな因縁《いんねん》から、オリオン座は冬季は夜空に王者の如《ごと》く君臨するが、夏季の星座、蠍座が東の空に現れると、オリオン座は西の空へと逃《に》げ隠《かく》れ、蠍座が西の空に沈《しず》むと、安堵《あんど》したオリオン座が再び東の空へと出現するという」

　へえ、面白《おもしろ》いね！　昔の人は星の動きから、そんな物語を想像したってことか……。

「更《さら》に、その蠍座を、射手座の弓が狙《ねら》っている……」

　ぼそりと氷雨さんが呟《つぶや》き、繋《つな》がってるんだ、とまた感心する。

「星座を知ると、星を見るのもいっそう楽しくなりますよね。さて、オリオンの肩のところにあたる赤く光る星が、ベテルギウス。三つ星を伸《の》ばした先にある、ひと際《きわ》輝く星が、全天で最も明るい一等星、おおいぬ座のシリウスです。それとこいぬ座のプロキオンの、三つの一等星をつないだものが、冬の大三角形と呼ばれています」

「……っ……」

隣《となり》にいた沼津君が、なぜか動揺《どうよう》するように身じろぎした。

「どうかした？」

「……なんでもない」

「今日はまずこの中の、ベテルギウスを望遠鏡で観察してみましょう。ベテルギウスは近年、ある現象が起こるのではということで話題になっていましたが……中村君はご存じでしょうか？」

「――超《ちょう》新星爆発《ばくはつ》、だな」

眼鏡のブリッジを押し上げながら、まるで呪文《じゅもん》を唱えるかのように中村君が答えると、

「「超新星、爆発……！」」と他《ほか》の厨病《ちゅうびょう》ボーイズが一斉《いっせい》に瞳《ひとみ》を輝《かがや》かせた。

「かっけー！　でもどういう意味だ⁉」

「質量の大きな恒星《こうせい》が死ぬ間際《まぎわ》に起こす大規模爆発です。夜空に突如《とつじょ》輝《かがや》き出す明るい星を『新星』と言いますが、それすら遥《はる》かに凌駕《りょうが》する強い輝きを放つことから、こう名付けられました。ベテルギウスは誕生して八〇〇万から八五〇万年と推定されますが、その進化段階や急激な減光などから寿命《じゅみょう》が近いことが予測されており、もし超新星爆発を起こしたら、昼でも目視できるほど輝くと言われています」

おお……！　とテンションを上げる一同。

「とはいえ、まだ十万年くらい先になるのではとの説が有力ですが」

「じゅ、十万年……」

『ベテルギウスさん、残念ですが、貴方《あなた》の寿命はもう長くありません』『ええっ、どれくらい、生きられるんですか!?』『……十万年です』みたいなコントが頭の中に浮《う》かんだ。

スケールがでかすぎる！

いよいよ天文台に入り、大きな望遠鏡のレンズで覗《のぞ》くと、ぽおっとオレンジ色の光を放つ天体が見えた。

こんな感じなんだ……でもたぶんこういうのって、定期的に観測したりして比較《ひかく》しないと、あまりピンとこないんだろうな。もしかしたら来年にはなくなっているかもしれない星、と考えるとなんだかドラマティックだけど。

ベテルギウスの後は、オリオン大星雲や海王星、アンドロメダ座のアルマクという二重星を、説明を交えて順番に見せてもらった。

二重星っていうのは、肉眼では一つにしか見えないけど、望遠鏡で覗くとすごく近くにある二つの星として見える天体のことらしい。

二等星と五等星、金色とアイスブルーの星が仲良く並んでいた。

……アイスブルーの星、小さいけど綺麗……。

大星雲の話から野田君がウルトラマンの故郷のM78星雲の話をしたり、惑星《わくせい》はギリシャ神話の神々の名前がついているという話からまた中村君が雑学をいくつも披露《ひろう》したり、アンドロメダ座から聖闘士《セイント》星矢《せいや》の話で盛り上がったり（観《み》たことなくてもネットのまとめ記事を読むだけでも楽しいらしい）……久しぶりにみんな、なんのわだかまりもなく過ごせた気がした。

沼津君も、厨病ボーイズに圧倒《あっとう》されながらも、興味深そうに望遠鏡をのぞき込んだり、話に聞き入ってたりで、楽しんでいるように見えたんだけど――。

望遠鏡での観察が終わり、天文台から外に出たところで、彼がどこか寂しそうに夜空を見上げているのに気づいた。

「沼津君、どうかした？」

「……五等星や六等星も、なんとか見えないかなって思って。でも、やっぱり無理みたいだ」

うつむいて、ため息交じりに言う。

「星は無数にあっても、明るく輝く星は限られてるんだな……」

「――六等星だからって、暗い星とは限らない」

不意に、傍《そば》にいた氷雨さんが不思議なことを言い出した。

「え、でも、一等星が明るくて、六等星が暗いんでしょう？」

眉《まゆ》をひそめる沼津君に、氷雨さんは淡々《たんたん》と説明する。

「六等星といっても、それは地球から見える明るさであって、星自体の輝きとイコールではないという意味だ。星の見え方は、地球からの距離《きょり》に大きく影響《えいきょう》されるからな」

そうなんだ……！

「天体の明るさを表す単位として『等級』というものがあります。『等星』と同様、数字が少ないほど明るくなりますが、『等星』は地球から観測できた天体の明るさを表す『見かけの等級』によって分類されます。一方で、天体を地球から同じ距離に置いたと仮定した時の明るさを表す『絶対等級』というものがあり、氷雨が言っているのはこの『絶対等級』のことですね」

「……たとえ一等級の星であっても、距離が離《はな》れれば六等級に見えるし、その逆もいえる、ってことか……」

目を丸くしながら呟く沼津君に、「そういうことです」と微笑《ほほえ》む名雪先生。

「氷雨も一見暗いけど、実はホラー小説界の新星だしな！」

「「ぶっ」」

野田君のコメントに思わず名雪先生と吹《ふ》き出してしまい、「おい」と氷雨さんから睨《にら》まれる。

「たしか今見えてる星の光って、昔の光なんスよね？」

「ええ。広大な宇宙の彼方《かなた》にある星から光が届くには長い時間がかかるので、比較的《ひかくてき》近場のシリウスでも八・六光年の距離、つまり約八年前の光です。ベテルギウスは六四〇光年……いえ、最近の研究でもう少し近かったと改訂《かいてい》されたんでしたっけ？　氷雨」

「ベテルギウスは約五三〇光年。肉眼でとらえられる星の中で最も遠い位置にあるカシオペヤ座Ｖ７６２ともなると、約一六〇〇〇光年だ」

一六〇〇〇年前……っていうと、縄文時代《じょうもんじだい》より昔に放たれた光が、今地球に届いているってこと!?

「ベテルギウスが爆発したら、五三〇年後に光が届く。つーことは、もしこの瞬間《しゅんかん》、ベテルギウスがガンガンに光り出したとしても、実際は今から五三〇年前に爆発してたってことになるわけっスか？」

ああ、と氷雨さんが頷《うなず》くと、虎之助君は「はあーっ」と大きな息を吐《は》いた。

うん、あまりにも壮大《そうだい》で、感嘆《かんたん》するしかないね……！

「今見える星々の中にも、既《すで》に消滅《しょうめつ》した星が鏤《ちりば》められているやもしれんのう……」

ポツリと落とされた莉夢ちゃんの呟《つぶや》きを聞きながら、みんなで夜空を眺《なが》め、果てしない宇宙や時の流れの不思議に思いを馳《は》せる。

「……星がこんなに綺麗《きれい》なのは、悠久《ゆうきゅう》の距離と時間を越《こ》えて届くからなのかな……」

私たちの環境《かんきょう》や関係は変わっていく。

でも、何がどんなに変わっても、星の光の美しさは変わらないのだろう。


「おれたちの絆《きずな》も、永遠だ！」


不意に野田君が叫《さけ》び、しんみりしていた空気がふっと和《なご》んだ。

「永遠の力……エターナルフォース？」

「ブリザード！」

「インフィニティー！」

「こら、気安くその呪文《じゅもん》を口にするなと何度言えば……！」

すぐ、ふざけて騒《さわ》ぎ出したけど。

みんなの笑い声が零《こぼ》れるこの瞬間には、確かに永遠があるような、そんな気がした。

もう一度空を見上げると、さっきまではなんだか切なく思えた遥《はる》かな星々の瞬《また》きが、今は、やさしく見守ってくれているように見えた……。

第四章 輝く季節、あなたとのプレシャスメモリー

パワフルで躍動《やくどう》感に溢《あふ》れた、否応《いやおう》なしに引き込まれるドラム。

低音で支えながらも遊び心たっぷりに、軽快なステップを刻むベース。

印象的なリフで曲を牽引《けんいん》する、華《はな》やかでアグレッシブなギター。

流麗《りゅうれい》に鍵盤《けんばん》をかき鳴らし、抜群《ばつぐん》のテクニックでドラマティックに彩《いろど》るキーボード。

そして、力強く伸《の》びやかな歌声と確かな歌唱力で、おどけたかと思えばスタイリッシュに、一曲の中でも生き生きと表情を変える魅力《みりょく》的なボーカル――。


ジャン！　とすべての楽器がそろってラストの一音を鳴らした、数秒後。

体育館のリハーサルに集まっていた生徒たちから、わっと拍手《はくしゅ》が上がった。

照明係としてキャットウォークにいた私も、力いっぱい手を叩《たた》きながら、胸《むね》を撫《な》で下ろす。

星空観察会を転機にヒーロー部のバンドは調子を取り戻《もど》し、ラスト一週間で猛特訓《もうとっくん》。

一時はどうなることかと思ったけど、ここぞという底力を発揮して、なんとか完成にこぎつけた。粗《あら》いところはあるけど、すごく楽しそうで、聴《き》いていて一緒《いっしょ》に歌いたくなるような、ついつい体が動きだすような、そんな演奏になっていると思う。

　みんな、本当に頑張《がんば》った……といっても、本番はまだこれからだけど。

「すっげー良かったっス！　燃えた！」

「うむ、そなたらの持ち味と曲の特質が極限レベルでシンクロし、爆発《ばくはつ》的な化学反応を起こしておった。たとえ一曲のみの演奏でも、この出来栄《できば》えならば大衆も血湧《わ》き肉躍《おど》ることじゃろう……」

　ステージから下りてきた厨病《ちゅうびょう》ボーイズに、アリーナで率先《そっせん》してコールをしていた虎之助君と莉夢ちゃんも賛辞を贈《おく》る。

　文化祭前日の今日は丸一日、授業のない準備デーだ。

「これからどうする？　クラスの準備に戻ってもいいけど……」

　体育館から出て、解散でもいいかなと迷っていたら、向こうから名雪先生がやってきた。

「あっ、もうリハーサルは終わってしまいましたか？」

「ああ。バッチリだぜ！」

「明後日《あさって》は絶対観《み》てくれよ、先生」

ヒーロー部のバンドは、文化祭の二日目に披露《ひろう》することになっていた。

「もちろん。楽しみにしていますね。――この後、予定がなければ、ヒーロー部に一つお願いしたいことがあるんですが……」

「依頼《いらい》か！　何でも言ってくれ」

「沼津君のお手伝いに行って欲しいんです。天文部は毎年プラネタリウムを作ることになっているのですが、三年生は籍《せき》だけ置いているものの実質引退していて、製作に力を割《さ》く余裕《よゆう》はないようなんです」

普通《ふつう》三年生はそんなものだよね……去年の演劇部の部長みたいに準備からがっつり文化祭に関《かか》わる人はレアケースだ。

「そんな状況《じょうきょう》で、あと一人いる一年生も幽霊《ゆうれい》部員ですし、今年は天文部の出展はなしかと思われたのですが、沼津君がせっかくだし一人でもやると言って、準備しているそうなんです。ただ、組み立ては一人ではそうとう苦労すると思うので……」

「沼津～、手伝いに来たぞ～！」

地学室の床《ゆか》にひざまずいて段ボールにガムテープを貼《は》り付けていた沼津君は、私たちが入っていくと目を丸くして固まった。

「一人でも出し物を作ろうとか、ガッツあるじゃん」

高嶋君の言葉に、沼津君は「別に……」と少し顔を赤らめて目をそらす。

「毎年天文部として同じ業者に段ボール注文してて、分量とか、組み立て方とか、全部ノウハウがあるから。大したことじゃないし」

「それでも、やろうとするのがすごいって」

「……このままだと、廃部《はいぶ》一直線だから、少しでもアピールしとこうと思っただけ。どうせ無駄《むだ》なあがきかもしれないけど」

「ヒーロー部は希望を捨てない奴《やつ》の味方だ！　応援《おうえん》するぜ！」

「この説明書の通りにガムテープ貼っていけばいいの？」

「そうだけど…………あ、ありがと」

ぶっきらぼうにお礼を言う沼津君にみんな笑顔《えがお》で頷《うなず》くと、分担してプラネタリウムを組み立て始めた。

＊＊＊

「オーケー、これなら明日《あした》も大丈夫《だいじょうぶ》そうだな」

教室で1‐Eのクラス演劇『ロミオとジュリエット』のリハーサルが終わり、監督《かんとく》の山《やま》本《もと》がそう言ったのを合図に、クラスメイトたちがわっと彗のもとに集まってきた。

「さすが上杉君！」

「マジでなんでもこなすな、おまえ」

「良かったよ～、ロミオ役似合いすぎ！」

「ほんと？　衣装の調整も間に合って良かったね」

笑顔で応対しながらも、彗の心中は穏《おだ》やかではない。

（おまえらはいいよな、人に押し付けて、それっきりなんだから……！）

もともと監督兼《けん》ロミオ役だった山本がジュリエット役の加藤《かとう》の演技に強く駄目出《だめだ》しをしたせいで、加藤がへそを曲げ、山本と舞台《ぶたい》に立ちたくないと泣き出したのはつい昨日の放課後だった。

もめにもめた末に急遽《きゅうきょ》ロミオの代役を立てることになり、「ロミオなら上杉君じゃない？」「確かにこんな直前で代役をこなせる器用な奴は上杉くらいだ」とまさかの白羽の矢が立った。

　クラス演劇へのやる気は特になく、さっさと脇役《わきやく》を確保していた彗としてはまことに不本意だったが、クラスメイトたちから熱心に頼《たの》み込まれ、他《ほか》の解決策も提示できなかったため、引き受けざるを得なかったのだった。

「やっぱり上杉に任せて正解だったな」

「はいはーい、女優泣かせてトラブル起こした大監督が何か言ってます～」

　彗がおちゃらけて言うと、どっと笑いが起こる。山本も笑った。

「マジでオレが間に合わなかったらどうするつもりだったわけ？」

「間に合わせるだろ。おまえ、要領いいし」

　すうっと心に冷たい風が吹《ふ》いた。

「――オレ、そろそろ部活の方の手伝い行かなきゃだわ。明日は頼むよ、大監督！」

「ああ、よろしくなー、二枚目俳優！」

要領がいいから、と昔から色んな役割を押し付けられてきて、うんざりしていた。

実際、要領はいい方かもしれないが、周囲が思うほど簡単にこなしているわけではない。

昨夜だって睡眠《すいみん》時間を削《けず》って台詞《せりふ》を覚え、自主練して、なんとか演技を見せられる程度にまで仕上げたのだ。やる気はなかったけれど、できなかったら恥《はじ》をかくのは彗だし、幻《げん》滅《めっ》されるのは嫌《いや》だったから。

（昨日は来週の模試の範囲《はんい》の対策をするはずだったのに……バスケの試合も近いから、文化祭明けからは部活がハードになる。レギュラーかかってるから休めないし、でも成績落ちたらまた親になんか言われるし。うざ……）


『貴方《あなた》はできる子だから』


そう言われて育ってきた。

期待に応《こた》えるために、勉強も運動もそれなりに頑張《がんば》って、優秀《ゆうしゅう》と言われる成績をおさめてきた。

人付き合いでも無駄に自我をさらさず毒を隠《かく》し、空気を読んで相手が望む言動、場が上《う》手《ま》く回る選択《せんたく》を重ねて、人気者の地位を確立している。

彼女候補も引く手数多《あまた》だ……ただ、たまに付き合ってみても少し本性《ほんしょう》を見せると「そんな人だとは思わなかった」「イメージと違《ちが》う」と責められて、おまえもか、と失望するばかりだったけれど。

彼女たちが好意を寄せる『上杉彗』を崩《くず》さなければ交際は順調に進んだが、そうなると面倒《めんどう》くさくなって、いつも長続きしなかった。

——とはいえ、それでも。

もてはやされ、羨望《せんぼう》の目で見られるのは気分がいい。

きっと誰《だれ》が見ても、理想的な学生生活……。

だが、最近はそんな日々に、疲《つか》れを感じてきていた。

前回の模試はガクンと順位が下がり、バスケも伸《の》び悩《なや》んでいる。

周りに人が寄ってくることさえ、煩《わずら》わしく思うようになっていた。

（『上杉彗』は優等生で、人気者だ。なんでもできるオレじゃないと、価値はないのに……）

チッと舌打ちしながら歩いていたら、向こうから、璃星と一緒《いっしょ》にいるのを何度か見かけたことがある女子三人がやってきた。

「ねえ、アキ置いてきちゃったんじゃない？」

「別にいいじゃん？」

「えー、許したんじゃなかったんだ～……あ」

三人は彗に気付くとかすかに頬《ほお》を上気させて身を寄せ合い、そわそわと視線を投げかけながら、すれ違った。

（……河村先輩《せんぱい》、まだ戻《もど》れてないんだ……）

数日前、一人で下校している璃星をたまたま目撃《もくげき》した。

彗はクラスメイトと一緒だったから声を掛《か》けられなかったのだが、その時の璃星の暗い表情が気になって、帰宅してからお馴染《なじ》みのライングループで「大丈夫？」と尋《たず》ねてみたところ、先週からグループの女子とうまくいっていないことを打ち明けられた。

宙翔と璃星は、彗がまだ今の『上杉彗』になる前からの知り合いだからか、互《たが》いに弱みのような過去を握《にぎ》り合っている共犯関係にあるからか……不思議と素《す》を見せても嫌《きら》われないと思える先輩たちだ。

あの苦い事件のせいでしばらく疎遠《そえん》になっていたけれど、久しぶりに話しても気兼《きが》ねがいらない間柄《あいだがら》で、それは二人にとってもそうだと思う。

璃星は世話焼きで空気を読む機微《きび》に長《た》けているが、自分より繊細《せんさい》で傷つきやすいところがあるから、心配だった。

寂《さみ》しがりやで、色んな細かいことまで気が付く反面、思いつめて悩みやすい性格なのだ。

璃星の話によると、どうやら授業中に馬鹿《ばか》なことを言ったヒーロー部をうっかりかばうような言動をしたことが、グループの女子の反感をかったらしい。

またヒーロー部だ、あいつらが余計なことをしたせいで……と苦々しく思いつつ、天文部の手伝いをするためにやってきた地学室で。

「見ろ、余った段ボールで作った、皆神バズーカだ！」

「巨大化《きょだい》する前の敵に全員でぶっ放すタイプの必殺武器っスね！」

「あれ、後ろの二人はいらないよねー。手を添《そ》えてるだけ……」

「なーなー、プラネタリウムに空良ちゃん描《か》いていい？」

「だ、駄目《だめ》！」

「オーライ、俺の絵心を炸裂《さくれつ》させてやろう」

「画伯《がはく》も黙《だま》っておこうか」

「眼前にあるのは作り物、偽物《にせもの》の輝《かがや》き。……だがイミテーションの何が悪い。所詮《しょせん》まがい物だとしても、そこに人の祈《いの》りが込められれば、真実の光が宿るものだ……。ｂｙ竜翔院凍牙『光と闇《やみ》の救世主―メシア―』《青薔薇《あおばら》レクイエム編》より」

「双子座《ふたござ》はカストル×ポルックスか、ポルックス×カストルか、それが問題じゃ……」

今まさに一番会いたくなかった連中と遭遇《そうぐう》することになって、彗は絶句した。

＊＊＊

「――沼津先輩《せんぱい》」

　プラネタリウムの組み立てが終わって一息ついていたタイミングで、表情を強張《こわば》らせた男子生徒が一人、地学室に入ってきた。

「なんでこいつらと一緒にいるんだよ」

　そう言いながら沼津君に詰《つ》め寄るのは、以前生徒会選挙の時に対立した上杉君だった。

　どうして彼がここに……？

「せ、製作を手伝ってもらったんだ。上杉、俺、なかなか言い出せなかったけど、ヒーロー部はそんな悪い奴《やつ》らじゃ――」

「何ほだされてるんだよ」

　上杉君は苛立《いらだ》たし気に沼津君の言葉を遮《さえぎ》ると、私たちを睨《にら》みつける。

「あんたたちのせいで河村先輩がハブられてるんだ！　好き勝手やって人に迷惑《めいわく》かけるのも大概《たいがい》にしろよ！」

　そう言い捨てて、地学室から出て行ってしまった。

「河村先輩って、うちのクラスの河村か？」

突然《とつぜん》の出来事に、ポカンとする部員一同だったけど、やがて野田君が口を開いた。

「おれたちのせいでハブられてるって、どういうことだ？」

「……先週のホームルームで、野田たちが騒《さわ》いでるのを見て……」

沼津君が、おずおずと話し出す。

「神尾さんがヒーロー部のことを『痛い』って言ったんだって。それを河村さんがかばったら、神尾さんが機嫌《きげん》を損《そこ》ねちゃって、それ以来、グループで仲間外れみたいな感じになってるらしい」

「あー、クラスTシャツの話をしていた時か。見た見た」

指をパチンと鳴らしたのは、九十九君だ。


「あのおっかないボス猿《ざる》、てかボスギャル？　が不機嫌オーラ全開になったの見て、河村サンも焦《あせ》って『あたしもヒーロー部は痛いと思ってる』って掌《てのひら》返したけど、それがますますボスギャルの癇《かん》に障《さわ》ったみたいだね。かなりキツイこと言って、放課後に河村サンが謝ってもシカトして帰ってた……他《ほか》のメンバーを即座《そくざ》に自分の方に取り込んでるのがえげつないし、唯々《いい》諾々《だくだく》とボスギャルに従う奴らもどうかと思うけど」

「……もしかして、帰り際《ぎわ》に璃星ちゃんだけ残されてたあの時？」

そうそう、と九十九君が頷《うなず》く。そういえば「女は怖《こわ》い」とか言ってたっけ。

「次の日からグループに戻ってたから、てっきり仲直りしたのかと思ってたけど……」

「普段《ふだん》は一緒にいても、ときどき無視されたり、扱《あつか》いが雑になってるみたいなんだ」

沼津君の説明を聞いて、「こわ……これだからリアル女子は……」と青ざめる高嶋君。

「胸糞悪《むなくそわる》い話だが……野田たちがホームルームで騒いでたって、そんなに問題行動してたのか？」

渋《しぶ》い顔の厨君から尋ねられて、首を振《ふ》る。

「ううん、いつも通りおバカな発言はしてたけど、迷惑ってことはなかったと思う」

「ってことは、河村って女子がハブられてるのはそのボスギャルの性格が原因だろ。どうしておまえらが責められなきゃいけないんだよ」

「うむ、遠因は野田大和たちにあったとしても、上杉彗の言動は八つ当たりに近いだろう。そもそも上杉彗と河村璃星、そして貴様はどのような関係なのだ？　沼津宙翔」

「K……上杉は、天文学部の幽霊《ゆうれい》部員で………」

中村君の質問に、そこまで答えてからしばらく言いよどんでいた沼津君だったけど、やがて、意を決したように顔を上げる。

そして、両手をギュッと握りしめて、赤面しながら苦しそうに、話し始めた。

「俺と上杉と河村さんは、同じ中学の、イラスト研究部の仲間だったんだ。俺が中二の時、三人で一緒《いっしょ》にファンタジー漫画《まんが》を描いてたんだけど、ある日、そのノートを河村さんが落としちゃって……俺と河村さんのクラスで、みんなに『厨二病』って馬鹿にされて嘲笑《ちょうしょう》されながら回し読みされた上に、渡《わた》り廊下《ろうか》に貼《は》り付けられて、全校生徒にさらされた」

……ひどい……。

「ノートの持ち主が俺たちってことはバレなくて……気付いてた人もいたかもだけど、直接攻撃《こうげき》の矛先《ほこさき》を向けられることはなかった。でも、俺たちには物凄《ものすご》くショックな事件で、河村さんも上杉も部活に来なくなって、音信不通になった……たまたま三人とも皆神に入って、またＳＮＳで話すようになったのは、つい最近のことだ」

「……その嘲笑したって奴ら、全員ボコボコにしてやりてえ……！」

「どういう感想が湧《わ》くかはともかく、さらし上げるってのが下劣《げれつ》だよね」

「想《おも》いのこもった創作物は、巧拙《こうせつ》や内容に関《かか》わらず尊いものだ。赤の他人がどうこき下ろそうと恥《は》じる必要は皆無《かいむ》だが、思春期の脆《もろ》い心はずたずたに引き裂《さ》かれたことは想像に難《かた》くない……」

顔を赤くして怒《おこ》る虎之助君、不快そうに肩《かた》をすくめる九十九君、痛まし気に眉《まゆ》をひそめる中村君。

「おれが同じ中学だったら、そんなことさせなかったのにな……！」

野田君が悔《くや》しそうに言うと、沼津君は瞬《まばた》きしてから、不器用に笑った。

「うん……ありがと」

「――そんなトラウマがあったから、上杉は厨二病に対して共感性羞恥《しゅうち》が凄いってわけか」

納得《なっとく》したようにそう言った厨君に、野田君たちが目を瞬《またた》く。

「きょうかんせい、しゅうち？」

「自分が恥ずかしいと思う行動や失敗を他の奴がやってるのを見た時に、まるで自分が恥《はじ》をかいてるようないたたまれない気分になることだ……俺も覚えがないわけじゃない。上杉は過去に厨二病のせいで恥をかいて、辛《つら》い思いをした。だから、おまえらが厨二なことをするたびに嫌《いや》な記《き》憶《おく》がフラッシュバックして、特に強い拒絶《きょぜつ》反応が起こってるんだよ」

厨二な言動は貴方《あなた》もでしょ、と思ったけど、その指《し》摘《てき》は的を射ている気がした。

「そうだと思う」と沼津君も肯定《こうてい》する。

だからあんなに、ヒーロー部に当たりが強いんだ……。


「しかし河村は心配だな。おれたちにできることはあるか？」

「ヒーロー部に対して拒絶反応があるのは上杉だけじゃなくて河村さんもだから、そっとしておいて。……俺も少し前までおまえらの言動が苦手だったから、嫌がらせとかしちゃったけど、あれは間《ま》違《ちが》ってた。苦手だと思うのは俺の問題で、ただ距離《きょり》を置けばよかったんだ」

たどたどしいけれど、その分きっと慎重《しんちょう》に、沼津君が言葉を紡《つむ》ぐ。

「上杉や河村さんが羞恥心に悶《もだ》えても、お前たちは悪くない……でも、そんな事情があるから、野田たちはあの子たちにはなるべく近付かない方が、お互《たが》いのためかなって……思う」

沼津君、深く自分のことを見つめ直して、考えたんだろうな……。

「――ま、そんだけ色々気にかけてる沼津がいるんだから、河村は大丈夫《だいじょうぶ》そうだな」

高嶋君が明るい口調でバンバン、と背中を叩《たた》くと、沼津君は「へ!?」と目を丸くした。

「そうだな！　なんかあれば、いつでも力を貸すからな、沼津！」

ガシッと肩を組んで笑う野田君に、沼津君は狼狽《うろた》えるように目線を泳がせながら、コクリと頷いた。

☆★☆

『――三……二……一……』

体育館の壇上《だんじょう》でカウントダウンするアリスちゃんと一緒に、全校生徒も声を合わせる。

『〇《ゼロ》！　皆神祭、開幕ですわ！』

わっと拍手《はくしゅ》と歓声《かんせい》が起こるとともに、パンパンとクラッカーの音が弾《はじ》けた。

さあ、持ち場へ急ごう――と生徒たちが解散しかけたその時。

『皆さん、少々お待ちくださいませ。本日はある方がステージに駆《か》けつけてくださいました』

アリスちゃんの言葉に足を止め、何事かと注目した先に登場したのは——

『おはようございます。声優の、原田《はらだ》仁菜《にいな》です』

ニーナ!?

人気声優のサプライズ登場に、おおおおおおおお！　と全校生徒が沸《わ》きたつ。

『夏休みの撮影《さつえい》では本当にお世話になりました！　今日は一曲だけですが、お礼に歌わせてください。皆神高校のみんなのキラキラ輝《かがや》く文化祭のために——〈ＳＨＩＮＥ〉』

ニーナの生歌で、生徒たちは大興奮。

文化祭は例年以上に活気に満ちたスタートを切った。

「らっしゃいらっしゃい、ゆっくり見て行ってくれ！」

教室に入ってきたお客さんに向かって、明るく声を張り上げる野田君。

前面に「プレシャス・メモリー」と雪の結晶《けっしょう》で描《えが》いたロゴデザイン、背中にクラス全員の名前が円形に書かれた、空色のクラスTシャツを着用している。

単語だけならいい意味だしオタク臭《しゅう》もしないということで、まさかの高嶋君案が採用された。言ってみるもんだね……ちなみにロゴが雪の結晶なのは、担任が名雪先生だからだ。

2-Cの出し物は『フリーマーケット』。

各自が使わなくなったものや手作りの品を持ち寄って、商品として教室に並べて売り出していた。

「これとかオススメだぞ。スペシャルヒーローめんこ！　六個で五十円だ」

野田君は段ボールや牛乳パックで手作りしためんこを持ってきたようだ。

需要《じゅよう》ある⁉　と思ったけど、「こうやってやるんだ！」とちびっこに実演販売《はんばい》したら意外にウケて、さきほど一セット売れていた。

「可愛《かわい》い子そろってるよー。ここだけの話、プレミアついてる限定品も交ざってるぜ」

高嶋君はクレーンゲームで取ったぬいぐるみや、元は袋《ふくろ》の中身が見えないブラインド商品として購入《こうにゅう》した様々なオタクグッズを持参。

目玉商品は抽選《ちゅうせん》で当たった抱《だ》き枕《まくら》カバーとのこと……専門店で売れ！

「せいぜい騙《だま》されたと思って買ってみたら？　結末は——神のみぞ知る、ってね」

九十九君はパウンドケーキを焼いてきたらしい。幼稚園《ようちえん》のバザーか？

黒幕キャラどこ行った、と思いつつも、普通《ふつう》に美味《おい》しそうなので、お昼すぎても残ってたら一つ買って帰ろうかな。


私は本やジグソーパズル、アリスちゃんはティッシュケースやティーコゼー、コースターなどの手芸品、景野《かげの》君は家に余っていたというかつお節削《けず》り器……なんだそのチョイス。

他《ほか》にも洋服やアクセサリー、雑貨、おもちゃなど色んな品が並んでいるのだけど、教室中を風船やガーランドで飾《かざ》り付けていて、ディスプレイも百均材料で棚《たな》を作ったり、綺麗《きれい》な布を敷《し》いたり、ひな壇《だん》を設置したり……と工夫《くふう》を凝《こ》らして、眺《なが》めているだけで楽しい空間になっていた。


ほどなく四人とも店番が終わり、自由時間となる。

「まずはブラックたちの店に行ってみようぜ！」

２‐Ａは、茨《いばら》の蔓《つる》が伝った黒レンガの壁紙《かべがみ》にステンドグラスの窓や骸骨《がいこつ》、蜘蛛《くも》などが描かれたゴシックホラー風の外装。

一見洋風のお化け屋敷《やしき》にも思えるけど、『ダーク・ファンタジーカフェ』という赤い文字の看板がかかっている。

入り口には吸血鬼《きゅうけつき》の扮装《ふんそう》をした厨君が立っていて、私たちに気付くと付け牙《きば》がのぞく口元をニヤッと吊《つ》り上げ、「ヘイ」と頭の上でチョキを振《ふ》った。

「退廃《たいはい》と恍惚《こうこつ》のダーク・ファンタジーカフェへ、ようこそ」

「すげー凝ってるな。発案は竜翔院？」

「ああ。プロデューサー中村、妥協《だきょう》を許さないからクラス全員死にかけたけど、いいものが出来たぜ。ちょっと待たせるが、食べていくだろ？」

「もちろん！」

十五分ほど行列にならんでから、入店。

「ちびるなよ、零？」

扉《とびら》にかかったカーテンを開けながら、厨君がからかうように言うと、九十九君は「ハッ、馬鹿《ばか》じゃないの」と鼻で笑った。

暗幕で覆《おお》われた薄暗《うすぐら》い店内は洋館の一室のような書き割りに囲まれて、動物のはく製や肖像画《しょうぞうが》、骸骨のレプリカなどが蠟燭《ろうそく》の灯《あか》りに浮《う》かび上がる中、ホラーメイクを施《ほどこ》した執事《しつじ》やメイドが蠢《うごめ》くように行きかっている。ＢＧＭはドラマティックなクラシックオペラ。

外観以上に不気味な雰囲気《ふんいき》が漂《ただよ》っていて、隣《となり》にいた九十九君がゴクリと唾《つば》をのむ気配がした。

中央の台に飾られているのは、包丁やフォーク、注射器が無造作に刺《さ》された巨大《きょだい》なホールケーキのオブジェ。

生クリームの上から滴《したた》る赤いソースが、まるで血のように毒々しい……。

「四名様ですね。こちらへどうぞ」

背後から響《ひび》いた声にビクゥッと飛び上がる九十九君に苦笑《くしょう》しながら視線を向けると、ダークグレーの詰襟《つめえり》のワンピースに血しぶきが飛んだようなエプロンをつけたゴーストメイド姿の菜々子《ななこ》ちゃんが微笑《ほほえ》んでいた。

「瑞姫ちゃんたち、来てくれたんだね」

「うん、Ａ組気合入ってるね……！」

目の周りに黒いアイシャドウでクマみたいにメイクした菜々子ちゃんはいつも通りにこにこしてるけど、格好がおどろおどろしいからサイコホラー味があった。

　黒いテーブルクロスがかかったテーブルに案内されて、蠟燭の灯りを頼《たよ》りにメニューを読むと、中村君が考えたんだな〜と一目でわかる品目が並んでいた。

　普通の商品名も併記《へいき》されてたから、悩《なや》まずに済んだけど。

「クックックッ、よくぞここまで辿《たど》り着いた。おまえたちはこの館《やかた》の主《あるじ》たる堕天使《だてんし》ルシファーが直々にもてなそう」

　オーダーを取りに来たのは、頭から黒い山羊《やぎ》のような角、背中に黒い翼《つばさ》を生やし、ヴィジュアル系みたいな怪《あや》しい格好をした中村君。今日は竜翔院凍牙じゃないんだね。

「いざ、運命の選択《せんたく》の刻《とき》――汝《なんじ》が欲《ほっ》するものはなんだ？」

「えっと、私は《エメラルドの夢》（※クリームソーダ）」

「おれは《褐色妖精《かっしょくようせい》の初恋《はつこい》》（※ブラウニー）」

「俺は《黄金《こがね》の丘《おか》の修道女》（※フィナンシェ）」

「オレは《失われた時を求めて》（※マドレーヌと紅茶のセット）」

「承知した。しばし待て」

ほどなくして、トレーにスイーツ類を載《の》せて中村君が戻《もど》ってきた。

「純黒の中の煌《きら》めき、宝石のごとき至福のひとときを存分に堪能《たんのう》するがよい……」

仰々《ぎょうぎょう》しく出されたけど、食器は紙皿やプラコップなのがいかにも文化祭仕様だった。

☆★☆

食べ終わる頃《ころ》、A組コンビも休憩時間《きゅうけい》になったので、六人で見て回ることにする。

通りかかったお化け屋敷の中から「こ、怖《こわ》かった……！」「去年のやつよりパワーアップしてるね……」と話しながら涙目《なみだめ》の生徒たちが出てきた。

「見てくか？」

「いやいやいや、めっちゃならんでるし！　おなか空いたし外の模擬《もぎ》店から行こう」

ワクワクした口調で尋《たず》ねる野田君に、力いっぱい断る九十九君。

「今甘いもの入れたばっかじゃん」

「あれっぽっちじゃ足りないでしょ」

野田
のだ

「若干《じゃっかん》興味を惹《ひ》かれるが……」

「松丸たちのステージもあるしならんでる暇《ひま》ないって！」

「これくらいなら問題ナッシングだろ」

「遅《おく》れたら木下のＢＬネタの餌《え》食《じき》にされるよ!?」

必死に抵抗《ていこう》する九十九君だけど、みんな、わかってて弄《いじ》ってるよね。

そうしている間にも、お化け屋敷の中からは「キャー！」「うわあっ」「ひい～」と悲鳴が上がり続けていて、青ざめた生徒たちがため息交じりに退室してくる。

よっぽど怖いんだな……と思いながら眺《なが》めていたら。

「葵《あおい》さま、無様なところをお見せして、申し訳ありません……」

「いいのよ、芳佳《よしか》。美術造形も演出もよく練り込まれていたわね」

蒼白《そうはく》になってぐったりした宝塚《たからづか》元副会長と、微《かす》かに口元を緩《ゆる》めた朝篠宮《あさしのみや》元会長が出口から現れた。

「あら、聖さんたち。ごきげんよう」

「あはは、情けないところを見られちゃったね。でもここ、本当に怖いよ」

優雅《ゆうが》に会釈《えしゃく》をする朝篠宮先輩《せんぱい》と、照れ笑いをする宝塚先輩。

朝篠宮先輩は沈着《ちんちゃく》冷静で平然としていてさすがだけど、いつになく楽しそうだった。

宝塚先輩とくつろいでる時は、いつもこんな表情になるのかな……進路先も同じ名門大学だという話だし、ずっと、憧《あこが》れの二人だ。


渡《わた》り廊下《ろうか》の壁《かべ》には、生徒たちが書いた習字が展示されている。

各自が好きな言葉を書いていいってことになってるんだよね。

野田君↓『全合体』　あー、好きそう。

高嶋君↓『小鳥遊《たかなし》空良』　フルネームで来たか。

中村君↓『魑魅魍魎《ちみもうりょう》』　字画ー！　よく大筆で書いたな!?

九十九君↓『定礎《ていそ》』　……なぜ!?

厨君↓『刹那《せつな》の華《はな》』　ほんと自分好きだよね。

虎之助君↓『喧嘩《けんか》上等』　はいはい。

莉夢ちゃん↓『尊死《とうとし》』　墨汁《ぼくじゅう》垂れてるのが喀血《かっけつ》みたいで味わい深い。

ちなみに私は↓『平穏《へいおん》』……賑《にぎ》やかなのも、嫌《きら》いじゃないけどね。

「二次元キャラに『小鳥遊』って多いよね。日本のアニメを見てる海外の人には、『佐《さ》藤《とう》』『鈴木《すずき》』なみに『小鳥遊』がいると思われてそう……」

私の感想に「それな」と高嶋君が笑う。

「『東雲《しののめ》』『如月《きさらぎ》』とかも滅多《めった》にいないのに、一般《いっぱん》的だと勘違《かんちが》いされてたりして……」

「『九十九』も多いよな、二次元。『呪術《じゅじゅつ》●戦《せん》』にもいるし――」

「みくりゃー！」

いきなり小さな男の子が足に抱《だ》き着いてきて、厨君は会話を止めた。

「えっ、ようたん!?」

高嶋君がビックリしたように名前を呼ぶと、男の子は「たかしまー、高い高いして！」と今度は彼に飛びつく。誰《だれ》だろう？

「ようたん、重くなったな～」

「まさかまた迷子じゃねえだろうな？」

高嶋君に肩車《かたぐるま》されてキャッキャッと喜んでいたようたんは、厨君の言葉に「にーちゃ、いるよ！」と指をさす。

見ると、帽子《ぼうし》を深くかぶって眼鏡とマスクをしている女子二人組が小走りに近付いてきた。

「もう、ようたん、一人で先に行っちゃ駄目《だめ》だよ」

「ヒーロー部のみんな、久しぶり」

そう言ってマスクを外した彼女たちは――ニーナと春日野《かすがの》きららちゃん!?

思わず驚《おどろ》きの声が出そうになったのを、慌《あわ》てて堪《こら》えた。

「一曲歌って、すぐ帰ったんじゃなかったのか？」

野田君も珍《めずら》しく声のボリュームを抑《おさ》えて、尋ねる。

「せっかくだし、少し遊んでいこうと思って」

「大盛況《だいせいきょう》だし、これだけ人が多ければ、バレないかな～って」

ね、と視線を交《か》わして笑い合う二人。

「その節は本当にありがとう。野田君もみんなも、元気そうでよかった」

眩《まぶ》しい笑顔《えがお》でお礼を言われたけど、ニーナたちこそ友情が完全復活したみたいで、すごく嬉《うれ》しかった。

☆★☆

「祭りで食べる飯ってなんでこんなに美味《うま》いんだろうな～」

「いや、別に美味くはないだろ」

「フッ、厨二葉よ。野田大和は祭りというハレの場の特別感を味わっているのだ……」

焼きそば、タコ焼き、じゃがバターにチュロス……。

校庭で定番の模擬店を巡《めぐ》っていたら、すらっとした優男《やさおとこ》風の人から「お嬢《じょう》ちゃん、べっぴんさんやな。良かったら俺と回らん？」と関西弁で話しかけられた。

「は？　連れがいるの、見てわからない？」

九十九君が間に入ってきて噛《か》みつくように応じたけど、わざわざグループ行動している女子を誘《さそ》うなんておかしい。んん？　この人、どこかで見覚えが……。

「あっ！　おまえ、八百万《やおよろず》学園の」

「月村《つきむら》副会長、何やってるんですか！」

野田君が叫《さけ》ぶとほぼ同時に、セーラー服の女子二人と、学ランの大柄《おおがら》な男子が駆《か》け寄ってきた。

さおりちゃんと、生徒会会計の椛《もみじ》ちゃん、そして天照寺会長……！

「月村……そこに直れ」

「ほんのジョークやん⁉　落ち着け、天照寺！」

ボキボキと指を鳴らして迫《せま》ってくる天照寺会長に弁解しながら、椛ちゃんの後ろに隠《かく》れる月村副会長。

「さおりちゃん、京都からわざわざ来てくれたの？」

「うん、来ちゃった♡　姉妹《しまい》校だから案内届くんよ～。会長たちはもう生徒会引退しとるんやけど」

「天照寺！　元気だったか？」

「ああ。そっちも皆《みな》、健勝なようで何よりだ」

野田君に真顔でそう答えた天照寺会長は、私と視線が合うと、薄《うす》く笑みを浮《う》かべた。

「……生徒会選挙では、弟がヒーロー部の世話になったと聞いた。俺からも礼を言おう」

「「「「「!?」」」」」

まさかの対応に、部員全員が息をのむ。

「フリップ芸を、卒業した……!?」

「その上更《さら》に、微笑《ほほえ》んでみせた……!?」

「兄さああああああん！！！！！」

「「「「「!?」」」」」

絶叫《ぜっきょう》と共に近くの屋台の陰《かげ》から急に景野君が飛び出してきて、また一同、ギョッとする。

「完全に聖さんのこと、吹《ふ》っ切れたんだね……おめでとう！　おめでとう兄さん！　今夜はお赤飯だ！」

目を潤《うる》ませながら力いっぱい拍手《はくしゅ》を始めたかと思ったら、「見つけましたわ、景野！」と今度はアリスちゃんが走ってきた。

「サボってる場合じゃありませんことよ？　そろそろ次の来賓《らいひん》の案内に向かいませんと！」

「えー、学友たちと文化祭を満喫《まんきつ》する兄さんを一日中じっくりと舐《な》めるように見守りたいのに……」

「たわけたことを抜《ぬ》かすなですわ！」

ぷりぷり怒《おこ》りながら景野君を引っ張っていくアリスちゃん……私たちの姿も目に入らないくらい忙《いそが》しそうだ。

生徒会長は文化祭実行委員長も担《にな》っているから、この二日間は戦争だろう。

「あ、西園寺会長、お疲《つか》れ様です。良かったらこれ、食べてください」

「え？　あ、はい……？」

目の前にあった屋台の売り子の生徒からそんな言葉と共にチュロスを差し出されて、アリスちゃんはパチパチと翠《みどり》の目を瞬《またた》いた。

「ニーナのサプライズ、めっちゃ興奮しました！」

「いつもありがとうございます、会長！」

「えっ。わ、わたくしは、別に、そんな……っ」

生徒たちからの感謝の言葉に、表情を硬《かた》くしてわたわたしかけたアリスちゃんだったけれど、景野君に肘《ひじ》で突《つ》かれて、おずおずと、はにかんだ笑みを浮かべた。

「わたくしこそ、ありがとうございます。いただきますわね」

西園寺会長、慕《した》われてるね。

今日は色んな人が来てるんだな……と思いながら歩いてたら「瑞姫ちゃーん」と後ろから誰《だれ》かに抱き着かれた。

「美咲《みさき》ちゃん」

「ねえ、名雪先生見なかった？　見た瞬間《しゅんかん》全身の細胞《さいぼう》が活性化して美肌《びはだ》、美髪《びはつ》、疲労《ひろう》回復、ストレス解消、血行促進《そくしん》、痛風やリウマチにまで効果がありそうな国宝級イケメンと歩いてたんだって」

温泉か！

氷雨さんも来てたのか、と思いながら「朝のホームルームの後は見てないよ」と答える。

「そっか～、他《ほか》にもゴールデンレトリバーを連れた王子様みたいなイケメンが来てるって情報があって、そっちも気になってるんだけど……あっ、もうこんな時間!?　１‐Ｅの劇で上杉君がロミオやるらしいから行かなきゃ！　じゃあね！」

慌ただしく去っていく美咲ちゃん……相変わらずイケメン追っかけ街道《かいどう》を驀進《ばくしん》中のようだ。

「――そろそろ虎たちのところ行くか」

「そうだね」

屋外ステージへと向かう途中《とちゅう》で、「可愛《かわい》い～」「こっちも食べる？」と小さな人だかりができていた。

ひょいと覗《のぞ》いてみると、ふてぶてしい風体《ふうてい》の三毛猫《みけねこ》が次々と与《あた》えられる屋台飯をもぐもぐと平らげている。

「ベンジャミン!?　また逃《に》げてきたのか」

「ぶみゃ～ご」

「こいつもステージに連れてくのか？」

「うーん……あっ、美琴《みこと》、いいところに！」

でぶ猫を抱《だ》きあげて困ったように視線を巡らせていた九十九君は、仲良く手を繋《つな》いで歩く小学生カップルを発見し、顔を輝《かがや》かせた。

「美琴、ベンジャミンを頼《たの》む。兄ちゃん、この後出番があるんだ」

「わかった」

「美琴、重いだろ。おれが抱っこするよ」

小学二年生にして紳士《しんし》なところを見せる諒太《りょうた》君……兄と違《ちが》って正統派イケメンに育ちそう。

「お兄ちゃんたちの出番って、あそこのステージでもうすぐ始まる〈ミナリーグ〉？」

「ああ」

「雪《ゆき》お姉ちゃんたちも出るって言ってたよ」

「!?」

☆★☆

『一年D組プレゼンツ！　〈ミナリーグ〉が始まるぜー！』

『愚《おろ》かなる民草《たみぐさ》どもよ……黙示録《アポカリプス》にも記されしこの世紀の大戦、しかとその眼《まなこ》に焼き付けるのじゃ』

ファンファーレと共に、ステージの中央に立った虎之助君と莉夢ちゃんがマイクを持って話し始める。

『三人チームで勝利を目指すバラエティショー！　誰《だれ》でも参加オーケー、今ならまだエントリーに間に合うぜ！　優勝チームには豪華《ごうか》賞品が！　スポンサーは天《あま》の原《はら》商店街の竹下《たけした》電機店！』

『今回の優勝賞品はなんと……イオンミスト美顔器！　妾《わらわ》も推《お》しに会う前に是非《ぜひ》とも使用したい逸品《いっぴん》じゃ。心惹《こころひ》かれし者どもはステージ脇《わき》へと集合するがよい』

司会者になったという二人から「兄貴たちに盛り上げて欲しいっス！」「なんとしても美顔器を手中に収めるのじゃ」と頼まれたこともあって、ヒーロー部もくじで野田君・中村君・九十九君と高嶋君・厨君・私の二チームに分かれて参加する。

てか莉夢ちゃん、自分が欲しくて賞品それにした？

「獲《と》るよ、イオンミスト美顔器！」

「しゃー！」

気合十分な九十九シスターズを遠目に見ながら、「や、やり辛《づら》い……」と畏縮《いしゅく》する九十九君。

「もしかして九十九君のお姉さんたちですか？　お顔立ちが九十九君によく似てますね」

「あ、名雪先生も出るんですか⁉　氷雨さんも？」

「帰りたい……」

「わしが誘《さそ》ったんだ」

柔和《にゅうわ》な笑《え》みを浮《う》かべた白衣の塩顔イケメンとうんざりした表情の美青年の後ろから、二人の肩《かた》に両腕《りょううで》を回して豪気《ごうき》な笑顔をのぞかせたのは、稲川《いながわ》神社の神主《かんぬし》さん。

「山寺《やまでら》さん、名雪先生たちと知り合いだったんですか⁉」

「まあな。ここで会ったのは偶然《ぐうぜん》だったが、これも縁《えん》ってことで、三人でエントリーしたわけだ。嬢《じょう》ちゃんたちには負けんぞ～」

「俺たちがもらってどうするんだ、イオンミスト美顔器……」

「薫《かおる》さんにプレゼントすればいいじゃないですか」

うーん、世間は狭《せま》いね。そして美咲ちゃん、タイミングが惜《お》しい……！

『それじゃあ参加チームはステージに上がってきてくれー！』

ぞろぞろと壇上《だんじょう》にならんだのは、全部で十チームほどだろうか。

あっ、前に菜々子ちゃんにしつこく迫《せま》ってた関谷《せきや》先輩《せんぱい》もいる！

「雪お姉ちゃん、月《つき》お姉ちゃん、花耶お姉ちゃんがんばれー」

「零兄ちゃんもがんばれー」

観客席には遥歌《はるか》ちゃんや奏汰《かなた》君が応援《おうえん》する姿も——ってその隣《となり》にゴールデンレトリバーを連れた金髪《きんぱつ》巻き毛に中世の貴族みたいな格好のやたらキラキラした人がいるんだけど、何者!?

美咲ちゃんの言ってた「王子様みたいなイケメン」って、白タイツ的な意味で……!?

ゴクリと唾《つば》を飲み込む私の横で、厨君が呟《つぶや》いた。

「兄貴とオメガも来てたのか……」

厨君のお兄さん!?　いるのは聞いてたけど、濃《こ》いな！


こちらの混乱をよそに、再びファンファーレが鳴り響《ひび》いた。

『これより三回の個人戦を行い、合計で一番多くポイントを獲得《かくとく》したチームが優勝じゃ。一回戦の出場者一名、前方へと歩を進めるがよい』

いよいよ〈ミナリーグ〉が始まるようだ。ヒーロー部からは中村君と厨君が進み出る。

『一回戦はイントロクイズ！　流れた曲が何かわかったら、前の台に設置された早押しボタンを奪《うば》って、サビを歌ってくれ！　正解チームには一ポイント入るぜ』

うわ〜〜、うちのチーム、完全なる人選ミス！

『では第一問目じゃ』

シャラーンと曲が流れ出すや否《いな》や、飛び出してきた花耶さんが同時に飛び出してきた関谷先輩を吹《ふ》っ飛ばしてボタンを奪った。

「君はマーメイドガール、マイスペシャルハニー〜♪　……」

ピンポンピンポーン、と正解音。

色んな意味で強すぎる……！

『第二問』

今度ボタンを奪ったのは厨君。

「どおして〜も〜譲《ゆず》れなあ〜い想《おも》いも〜手放っせない愛もお〜♪　……」

ぐあっ、脳天に突《つ》き刺《さ》さる音痴《おんち》！

ブブーッと音が鳴って、釈然《しゃくぜん》としない表情で元の場所に戻《もど》る厨君。

再び同じ曲が流れ出し、他《ほか》のチームの生徒がボタンを押す。

「どうしても譲れない想いも手放せない愛も～♪　……」

ピンポンピンポンポーン、と響いた正解音に、「ホワッツ⁉」と厨君が顔色を変えた。

「リザの『翡《ひ》翠草《すいそう》』、俺も歌っただろ⁉」

……下手すぎてそう聴こえなかったんだね。

「裏方がボタンを押し間違《まちが》えたんじゃないか？」

「……フッ、なるほど。俺の美声にうっとりするあまりのミスってことか……」

高嶋君のナイスフォローで、そんな解釈《かいしゃく》に落ち着く厨君だった。


『第三問』

あっ、このイントロは昭和の野球アニメ『タップ』のオープニング曲。

直後、バサバサッと一羽《わ》の青いインコが飛んできた。

あれはファウスト⁉

早押しボタンを奪った中村君がビブラートをきかせたオペラ風で歌いだす。

「タップ　タップ　ここにタップ　あなたにも〜♪」

『タップ！』

　中村君の頭に止まったファウストが復唱して、合いの手っぽくなった……！

『二回戦は格付けチェックじゃ！　二つのコーヒーを飲み比べて、高級コーヒーはどっちか当ててみせよ。正解チームには一ポイントを授《さず》けよう』


　私の出番で、渡《わた》されたＡとＢのカップに順番に口をつける。

　うーん、コーヒーはほとんど飲まないから自信ないけど、Ｂかな……？

「フッ……香《かお》りもコクも奥深さも全然違《ちが》う。間違えようがないね」

　九十九君は自信満々のようだ。

　他に知り合いのチームだと氷雨さん、月穂《つきほ》さんが出ている。

『じゃあ、一斉《いっせい》にカップを上げてくれ！　高級コーヒーはどっちだ？　せーの！』

　九十九君だけＡで、他は全員Ｂ。

「え⁉　ええ⁉　……どうやら違いが分かる男はオレだけのようだね」

強がってみせながらも、九十九君の頬《ほお》は引きつっている。

果たして、結果は——？


『答えは——A』

「おっしゃ！！！」

『じゃと思わせて、Bが正解じゃ』

「コラ待て木下ー！」

どっと爆笑《ばくしょう》が起こる。うん、それでこそ九十九君だ……。

『三回戦は絶叫《ぜっきょう》大会だ！　なんでも言いたいことを叫《さけ》んで、その声の大きさを判定する。

得点は一位二ポイント、二位一ポイントだぜ！』

トップバッターは野田君。

「二年C組ーー、野田大和ーー。みんなーー、聞いてくれーー」

観客が「「「「なーーにーーー?」」」」と応じる。〈未成年の●張〉か!

「無敵のヒーローに、おれはなああああああああある!」

おお~、とどよめきと拍手《はくしゅ》。

野田君、普段《ふだん》から大声出し慣れてるだけあって、さすがの声量だ。

「二年C組ーー、高嶋智樹ーー。俺にはーー愛する人がいるーーー」

「「「「知ってるーー」」」」

「空良ちゃあああん、愛してるぜえええええええええええ」

「「「「知ってたーー」」」」

「二年C組担任、名雪創思《そうし》ーー。僕はーーそこにいる同居人にーー言いたいことがありまーーす」

「「「「おお~!?」」」」

ギョッとしたように目を瞠《みは》る氷雨さんに、盛り上がる観客。

「え、あのモデルみたいな人、名雪先生と一緒《いっしょ》に住んでるの⁉」

「ヤバイって！　先生何言うんだろう……？」

女生徒たちがきゃあきゃあ騒《さわ》ぎ、前のめりになって目を血走らせた莉夢ちゃんがマイクでフーッフーッと荒《あら》い鼻息を響かせる中、先生の魂《たましい》の雄叫《おたけ》び。

「納豆《なっとう》を食べたらーー、パックはすぐに水に浸《つ》けなさいーー！」

……臭《くさ》くなっちゃうからね。

氷雨さんはバツが悪そうに視線を明後日《あさって》の方に向けていた。

そんな感じで順番に叫んでいって最後に測定結果が発表されたのだけど、前置き抜《ぬ》きで
「玉《たま》の輿《こし》ーー！」
とだけ叫んだ九十九家長女雪那《ゆきな》さんが野田君とまさかの同点一位となり、イオンミスト美顔器は九十九家姉チームに贈《おく》られることとなった。
お姉さまたち、あまりにも強すぎる……。

葵さま、
無様なところを
お見せして、
申し訳ありません……
いいのよ、芳佳

第五章　さらば、全ての厨病激発ボーイ

夕刻になり、文化祭一日目の一般《いっぱん》公開時間が終了《しゅうりょう》。

「楽しかったね〜」「明日《あした》も頑張《がんば》ろう」なんて声が聞こえてくる中、教室に戻《もど》って、掃除《そうじ》や二日目の下準備を手早く済ませる。

「はい、出て出てー、鍵《かぎ》をかけるよー」

ほどなくして鍵束を持った景野君が来て、教室に残っていた生徒たちは慌《あわ》ただしく廊下《ろうか》に追い出された。商品をそのままにしておくわけにもいかないからね。

「あれ、このカバン、誰《だれ》の？」

景野君が教室の隅《すみ》に置かれたままのリュックを持って、クラスメイトたちに呼びかける。

「璃星ちゃんのだと思う……預かろうか？」

「ありがとう、よろしく」

キタキツネのバッグチャームがついたポップなデザインのリュックを受け取って、周りを見回したけど、璃星ちゃんの姿は見えない。

「神尾さんたち、璃星ちゃんどこ行ったか知らない？」

廊下でだべっていた女子三人に尋《たず》ねたけど、「さあ？」と興味なさそうに返された。

「……ラインしてくれないかな？　リュック取りに来てって」

「え、めんど」

「そこ置いてたらそのうち取りに来るでしょ」

神尾さんたちは煩《わずら》わしそうに顔をしかめると「行こ」と下校してしまった。


「おれたちで捜《さが》すか、河村……」

「そうだね」

教室の扉に『リュックを預かってるから連絡《れんらく》ください。聖』という文章と、携帯電話《けいたいでんわ》番号を書いたメモを貼《は》り付けた時、A組の方から厨君と中村君が、沼津君と一緒にやってきた。

「河村はいるか？」

「ううん、カバンだけ置いてどこか行っちゃっているみたい」

「やはり行方《ゆくえ》不明、か……」

「河村さん、いつもラインを送ったらすぐ……遅《おそ》くても二時間以内には返事をくれるのに、今日は昼すぎからずっと既読《きどく》がつかなくて。神尾さんたちは三人で行動してるみたいだし、気になって上杉と捜してるんだけど全然見つからないんだ。……嫌《いや》な予感がするから、一緒に捜してもらえないかと思って」

「わかった！　分担して校内や学校周辺を捜索《そうさく》しよう」


「璃星ちゃーん」

窓から橙色《だいだいいろ》の西日が差し込む中、次第《しだい》に人気《ひとけ》が減っていく校内を見て回るけれど、それらしき姿はどこにもない。

「……え。これって……！」

旧校舎の二階の女子トイレで、見覚えのあるキタキツネのバッグチャームが三つ、ゴミ箱に捨てられているのに気づいて、血の気が引いた。

私が今持っている、璃星ちゃんのリュックについているものと同じデザイン。

修学旅行の時、璃星ちゃんの提案で、グループ四人でおそろいで買っていたもののはず……！

ドキンドキンと大きく心臓が鳴り出すのを感じながら、私は捜索を続行する。

校舎の地下から屋上まで足を運んだけど、璃星ちゃんは見つからなかった。

天文台は……？

取っ手に手をかけてグッと開けようとしたけど、扉は動かない。

……いつも鍵がかかってる場所だし、こんなところにいるはずないか。

下校時刻の鐘《かね》が鳴り、とりあえず一度、校庭に集合しようと言われていたので、私はその場を後にした。

もうすっかり日は沈《しず》んで、藍色《あいいろ》の空にぽつぽつと星が輝《かがや》いている。

「どこに行ったんだろうな……」

「もうこの辺にはいないのかも」

「家に帰ってるならいいんだけど……カバン置きっぱなしだしな」

相変わらず連絡はつかないし、居場所の見当は付かなかった。

少し離《はな》れたところにいる上杉君も、もどかしそうに唇《くちびる》を噛《か》み締《し》めている。

私が女子トイレで見つけたバッグチャームの話をすると、みんなの表情が強張《こわば》った。

「あの子はすごく寂《さび》しがり屋で……いつも明るく振《ふ》る舞《ま》ってても、脆《もろ》いところがあるんだ……。もし、目の前で捨てられてたりしたら………河村さん……！」

沼津君が声を震《ふる》わせながら、祈《いの》るように自分のシャツの胸のところをギュッと握《にぎ》り締める。

「――あっ、あそこ！」

不意に野田君がそんな声とともに、上空を指さした。

――旧校舎の屋上の、フェンスの外側に、女子生徒らしき人影《ひとかげ》が立っていた。

＊＊＊

クラスTシャツについて話し合ったホームルームの翌日、緊張《きんちょう》しながらも「おはよう」と呼びかけると、樹愛流たちは何事もなかったかのように「おはよー」と返してくれて、璃星のことを受け入れた。

よかった……と心底ホッとしたのも束《つか》の間。

ときどきだが会話中、まるで璃星の話している声が聞こえていないように無視されたり、移動教室などで置いていかれたりするようになった。

最初は「ひどいよ～」と冗談《じょうだん》っぽく責めたら、向こうも「ごめーん」「うっかりしてた」などと笑っていたからたまたまかと思いたかったけど、何度か繰《く》り返されるうちに、どうやら意図的にされているのだと気付かざるを得なかった。

それでも、そういうことを除けば三人とも今まで通りだったから、璃星はもう何も言わずになんでもないふりをして、笑顔《えがお》で明るく振る舞っていた。

自分以外の三人で遊びに行った写真がSNSに投稿《とうこう》されているのを見た時はショックだったけど、それも何も見なかったことにしたし、目の前でその時の話をされても、ニコニコしながら黙《だま》って聞いていた。

しんどいけど、すごくしんどいけど、もう少し我慢《がまん》していれば、璃星がいい子にしていれば、樹愛流も機嫌《きげん》を直してくれる。樹愛流が戻れば、エリとチセだって……。

そう信じて、とにかく逆らわずに、普段《ふだん》通りであるかのように日々をやり過ごす。

でも……文化祭一日目。

クラスでの当番が終わり、四人で展示を見回り出してほどなくして、璃星は樹愛流たちとはぐれてしまった。

慌《あわ》てて捜し回ったけれど、見つからない。

（……また、置いて行かれた……）

胸の痛みをこらえながらもトイレに入って、個室から出ようとしたそのタイミングで。

「ねー、アキ、まだうちらのこと捜してるかな？」

そんな声とともに、樹愛流たちが洗面所に入ってくる気配がして、璃星は硬直《こうちょく》した。

「どうでもいいじゃん？　ほっとけば」

「あの子、ほんとウザいよね」

「ねー、へらへらして人の顔色ばっか見てる」

「薄《うす》っぺらいんだよね。なんでも真似《まね》ばっかりで、自分の意見はないのかって感じ」

「化粧《けしょう》で誤魔化《ごまか》してるけど、ブスだし」

「あはは、きっつ」


全身が凍《こお》り付いて、目の前がグルグル回ってるような気がした。

聞こえてくる言葉が、上手《うま》く脳内で処理しきれなくて、璃星はただただ、息をひそめて、薄いドアの内側に突《つ》っ立っているしかできない。


「てかさ、いい加減、うちらが嫌《きら》ってるって気付けばいいのにね」

「直接言ったら可哀想《かわいそう》だから、態度で伝えてあげてるのにねー」

「あ、キツネ外した？　さすがに全員外してたら、あの子もわかるっしょ」

「うん、外して持ってきてる」

「私も……どうする、これ？」

「捨てよ。もう飽《あ》きたし」


樹愛流たちの声がしなくなって、しばらくしてから、璃星は個室から出た。

あまりのショックでまだ呆然《ぼうぜん》としたまま、洗面台の脇《わき》に置かれたゴミ箱を見る。

そこに、四人おそろいで買ったキタキツネのバッグチャームが捨てられているのを目にした瞬間《しゅんかん》、バシンと頰《ほお》を力いっぱい叩《たた》かれるような衝撃《しょうげき》と共に、現実を突きつけられた。

「ふっ……うう……あ……！」

大声で泣きわめきたい衝動にかられたけれど、他《ほか》の女子たちが入ってきたので必死に我慢して、その場から逃《に》げるように駆《か》け出す。

——一人になりたい、と強く思った。

パッと頭に浮《う》かんだのは、天文台だ。あそこなら、こんな日でも誰《だれ》も来ないだろう。

先日、沼津たちと一緒《いっしょ》に返しに来たから、鍵《かぎ》の在り処《か》は知っていた。

職員室に一人だけ残っていた教師は、机で居眠《いねむ》りの最中だった。

璃星は職員室の壁《かべ》に掛《か》かった天文台の鍵を素早《すばや》く入手すると、旧校舎の屋上へと階段を駆けのぼった。

☆★☆

窓もない天文台に籠《こも》って声を上げて泣いて、泣いて、泣いて……いつのまにか、泣き疲《つか》れて眠《ねむ》っていたらしい。

（……下校のチャイム……？）

重い瞼《まぶた》を押し上げながら、きっと目が腫《は》れ上がって化粧もぐちゃぐちゃになって、酷《ひど》い不細工になってるな、と思う。

時間を確認《かくにん》しようとのろのろとポケットを探《さぐ》ったが、スマホは見つからなかった。

どうやら落としてしまったらしい。

（とことん、サイテーだ……）

自嘲《じちょう》しながら、内側からかけた鍵を外してそろそろと扉《とびら》を開けると、外はすっかり暗くなっていた。

満月の明かりだけが、屋上を照らしている。

カバンを取りに行かなきゃ、と天文台から出たが、もし樹愛流たちに会ったら、と思うと、怖《こわ》くなって足が動かなくなった。

思い返すと、あのホームルームでの出来事はきっかけに過ぎなかったのだろう。

いつ頃《ごろ》からかは思い出せないけど、もうずっと、璃星はグループの中でないがしろにされていた。認めたくなくて、事実から目をそらし、自分を誤魔化し続けてきたけれど……。

（あたしはなんてちっぽけで、つまらない奴《やつ》なんだろう……）

さんざん流して、もう涸《か》れたと思っていた涙《なみだ》が、またぶわっと溢《あふ》れ出した。

空を見上げると、オリオン座と冬の大三角形が輝《かがや》いている。

あの恥《は》ずかしい漫画《まんが》を描《か》いていた頃《ころ》は、璃星も自分のことを、一等星だと思っていた。

何の根拠《こんきょ》もないけれど、自分は特別で、今は目立たなくても、本当はすごい力を持っている。うっすらと、どこかでそう信じていた。

――そんなのはただの妄想《もうそう》で、痛々しい思い込みに過ぎないと、すぐに思い知らされたけど。

（なんて愚《おろ》かだったんだろう……あたしなんて、いてもいなくても同じ。必死に光ろうとしても、誰の目にも入らない、どうでもいい存在なのに……）

無意識に、フェンスを乗り越《こ》えていた。

得意だと思っていたイラストは、ネットを見るともっといくらでもとんでもなく上手な人がいっぱいいて、自信を打ち砕《くだ》かれた。

一生けんめい化粧を勉強しても、加工アプリでどれだけ可愛《かわい》く盛った写真をアップしても、せいぜい十人並みで、実物がブスなことは変わらない。

特技も長所もない、人に好かれたくて色々頑張《がんば》ってきたけど、つまらない、ウザがられるだけの存在。

生きている意味なんてない。もう、疲れた……。

滲《にじ》んだ夜空を見上げながら、ぼろぼろと涙を流していたら……。

「ちょっと待ったああああああ！」

思わずビクッとするくらいの大音量とともに、ヒーロー部のメンバーがバタバタと屋上へと現れた。

＊＊＊

屋上に到着《とうちゃく》してフェンスの向こうにいる璃星を見て、彗は自分の血の気が引く音を聞いた。

校庭から見上げた時にまさか、とは思ったけど、こうして目《ま》の当たりにすると、想定外の事態に頭が真っ白になる。

心臓がバクバクいっているのは、全速力で階段を駆け上がってきたからだけではない。

（どうすればいい……？　止めたくても、オレの不用意な一言が、河村先輩《せんぱい》の最後のスイッチを押してしまうかもしれない……！）

凍り付いたように動けなくなる彗の前で、野田が声を張り上げる。

「危ないぞ！　こっちに戻《もど》ってこい！」

グッと体の横で作った握《にぎ》りこぶしが震《ふる》えていて、こいつも、恐《こわ》いんだと思った。

「そんなところから落ちたら、ものすごく痛いぞ!?」

「もう疲れたの！」

涙にまみれたぐちゃぐちゃの顔で、璃星が叫《さけ》ぶ。

「いいところがないあたしは、いい子でいないと好きになってもらえない。友達にどう言ったら喜ぶとか、嫌われないかとか考えて必死でやってきたけど、駄目《だめ》だった……！」

ギュッと心臓を鷲摑《わしづか》みにされるような、痛々しい叫びだった。

「あたしなんて消えても世界は変わらない。つまらないゴミみたいな存在なんだから、ほっといて！」

ほっとけない、と思ったけど、彗の唇《くちびる》は動かない。体は動かない。

冷たい汗《あせ》だけが、背中を流れ落ちていく。

「おまえを裏切った奴らは、おまえの友達なんかじゃなかった！　友達ってのは、必死にならなくても、好きだって思う相手だ。傍《そば》にいたいって思える奴らだ。一緒にいて辛《つら》い相手と、一緒にいる必要はない！」

「そうだ！　そんな友達でもない奴ら、こっちから捨ててやれ！　それに河村には、こいつらがいるじゃねーか！」

高嶋が宙翔と彗を指してそう呼びかけると、璃星は赤い目を瞠《みは》って、二人に視線を向けた。今まで、視界に入っていなかったのかもしれない。

「連絡《れんらく》が取れないって心配して、文化祭の間中、ずっと捜《さが》してたんだぜ」

「うむ、今日この日のみでなく、この男たちは河村璃星が元気を失っていると、以前より案じていた」

中村も緊迫《きんぱく》した表情で言葉を継《つ》ぐ。

「独りで思い悩《なや》むことはない！　辛い時に他者に頼《たよ》らないことは、決して美徳ではないのだ……！」

「……！」

璃星はグッと何かをこらえるような表情をすると、両耳を手でふさいで、首を横にふるふると振《ふ》った。

「――沼津、上杉。たとえ隣《となり》にいない時期があったとしても、河村の気持ちがわかるのは、おまえらじゃないか!?」

「河村サンに届く言葉を持ってるのは、本気で彼女のことを考えてきた二人だけだ。ちゃんと伝えろよ！」

厨と九十九から体を摑《つか》まれて、息をのむ。

「沼津君、上杉君……！」

祈《いの》るような聖の声。

彼らの言動に背中を押されるように、宙翔がフェンス前へと走っていった。

「――河村さん！」

かすれた声で、呼びかける。

「俺も、自分はなんて価値のない、つまらない奴だって思うよ。星なら六等星だって……そう思ってた」

璃星が、泣き顔のまま、宙翔を見つめ返す。

「でも、教えてもらったんだ、六等星は、地球からそう見えるだけだって。目には見えなくても、本当は一等星くらい明るい六等星もあるんだって。その近くにいる人にとっては、他《ほか》のどんな星よりも明るい、綺麗《きれい》な星。俺にとって、河村さんはそんな星だよ……！」

彗も、璃星の近く、宙翔の隣まで走って行って、必死に言葉を紡《つむ》いだ。

「先輩がいなくなっても世界は変わらないかもしれないけど、オレの世界は変わってしまう。いなくなったら嫌《いや》だ。先輩が何ができるとか、できないとかじゃ、ないんだよ」

言いながら、ハッとする。

（そうだ。存在価値は、それだけじゃないんだ……）

「先輩たちと一緒《いっしょ》にいると、ホッとする。悪口を言い合ったり、汚《きたな》いところも知ってるけど、あんたたちが好きだ……ただ、いてくれたらいい。貴方《あなた》は無価値なんかじゃない、大切な人だ！」

「……！　沼津君……上杉君……っ……！」

璃星がしゃくりあげながらもこちらに手を伸《の》ばしてきたから、ホッとして宙翔と彗もフェンスまで接近して手を差しだす。

次の瞬間《しゅんかん》。

ずるっと足を滑《すべ》らせた璃星がバランスを崩《くず》し、摑もうとした手が、すり抜《ぬ》けた。

目を丸くした璃星が、虚空《こくう》に投げ出されていくのが、まるでスローモーションのようにやけにゆっくりと見えて。

（嘘《うそ》だろ……!?）

目の前が真っ暗になるような恐怖《きょうふ》に震え上がったその時。


ビュオオッと凄《すさ》まじい強風が吹《ふ》き上がり、璃星の体が滞空《たいくう》したほんのわずかなその隙《すき》に、フェンスから思いっきり身を乗り出した野田が、璃星の手首をつかんだ。

すかさず部員たちが野田の体をつかみ、璃星ごと、フェンスのこっちに引っ張り込む。


（……助かった……）


脱力《だつりょく》して、その場に膝《ひざ》をついて、大きく息を吐《は》き出す彗。

璃星はあちこちに擦《す》り傷《きず》を作って、呆然《ぼうぜん》と床《ゆか》にへたり込んでいたけれど。

「河村さん！」

「河村先輩！」

彗たちが駆《か》け寄ると、その表情がみるみる歪《ゆが》み、堰《せき》を切ったかのように、ああああああああ、と大きな声を上げて、号泣《ごうきゅう》し始めた。

わーんわーんと、子どものように泣きじゃくりながら、二人に抱《だ》き着いてきて、彗も、宙翔も、頬《ほお》を濡《ぬ》らしながら抱《だ》き締《し》め合った……。

＊＊＊

ああ……ヒヤッとした……！

抱き合って無事を喜ぶ三人に心から安堵《あんど》しながら、私は額の汗をぬぐう。

いざとなったら力を使うしかない、と思ってたけど、まさかあのタイミングとは……まあ、ちょっと不自然ではあったけど、みんな必死だったし、疑問に思われるほどではないはず。

何より、璃星ちゃんが自分の意志で飛び降りるのをやめてくれて、本当に良かった。

私の能力で命を助けることはできても、心まで救うことはできないから……。

「河村にも、いい仲間がいて、良かったな」

月明かりの下、野田君の言葉に、ヒーロー部のみんなが微笑《ほほえ》み、頷《うなず》き合う。

……辛《つら》いことがあっても、自分が幸せを感じる人やものを選び取って、大切にしていこう。

☆★☆

文化祭二日目。

もしかしてお休みするかもと思っていた璃星ちゃんは、落ち着いた様子で登校してきた。目はまだ少しだけ赤かったけど、自然な笑顔《えがお》で挨拶《あいさつ》してくれて、ホッとする。

「昨日は本当にお騒《さわ》がせしました。――ヒーロー部に助けてもらって、沼津君たちに夜遅《よるおそ》くまで話を聞いてもらって、色々考えて……あたしは大した人間じゃないけど、満更《まんざら》でもないところもあるのかもって思えるようになってきたよ」

「そっか……うん、『満更でもない』って考え方、すごく大事だと思う」

「あとね、あたしはずっと、一人になることが怖《こわ》かったんだけど……無理に誰《だれ》かに合わせて気持ちを押し殺すくらいなら、距離《きより》を置いてもいいのかなって」

教室の一角でしゃべっている神尾さんたちに、もう璃星ちゃんは近付こうとしなかったし、向こうもたまに視線を投げてはきても、何も言ってこなかった。

「そうだね……私もその方がいいと思う。でも、一人じゃないから」

手を握《にぎ》って伝えると、璃星ちゃんは少し目を潤《うる》ませて「ありがと」と笑った。

「今日も来てくれてよかった」

「高校二年生の文化祭の思い出が、泣いて引き籠《こも》ってるだけなんて嫌でしょって上杉君が誘《さそ》ってくれて。沼津君と三人で、回るつもり」

自由時間、ヒーロー部のみんなとプラネタリウムの上映時間より少し早く地学室に行くと、沼津君、上杉君、璃星ちゃんの三人が椅《い》子《す》に座って談笑《だんしょう》していた。

「あっ……来てくれたんだ」

沼津君は立ち上がって近寄ってくると、頭を下げた。

「改めて、昨日はありがとう」

「どういたしまして！　河村も天文部に入るのか？」

「えっ……」

野田君の言葉に、璃星ちゃんは目をパチパチさせてから、頷いた。

「そうだね……それ、いいかも」

「マジか！　じゃーオレも入部するぜ。そしたら部員四人になって、廃部《はいぶ》も避《さ》けられるっスよね」

虎之助君の申し出に「「「ええっ」」」と驚《おどろ》く三人。

「ヒーロー部と兼部《けんぶ》だからほとんど面《つら》は貸せないけど、オマエらが駄弁《だべ》れる場所はあった方がいいだろ？　あ、でも、オレもわりと星に興味出てきたから、天体観測とかやる時は参加してえかも」

「ありがとう！　歓迎《かんげい》するよ」

頬を紅潮させて、感謝を述べる沼津君。璃星ちゃんも上杉君も嬉《うれ》しそうだった。

プラネタリウムのドームに満天の星が映し出されると、来場者から感嘆《かんたん》の声が上がった。

綺麗《きれい》に投影《とうえい》されていて、製作に協力した甲斐《かい》があったと、少し誇《ほこ》らしい気持ちになる。

沼津君がぎこちないながらも丁寧《ていねい》に、レーザーポインターを使って星を指し示しながら冬の星座などを解説していって、終演の時は温かい拍手《はくしゅ》が起こった。

五分ほどのプログラムだったけれど、なかなか好評のようで、笑顔で帰っていく来場者たち。


「おれたちも行くか」

「待ってください」

出口へ向かいかけたところで、上杉君が表情を引き締めて、私たちの前にやってきた。

「前にヒーロー部は偽善《ぎぜん》だとか、色々侮辱《ぶじょく》したこと……謝ります。すみませんでした！」

深々と頭を下げて、謝罪される。

「よし、許す！」

野田君が明快に答えると、あまりにもあっさりしていたからだろうか、上杉君は面食《めんく》らったように目を瞠《みは》った。

そして、どこか肩《かた》の力が抜《ぬ》けた微笑みを浮《う》かべて、言った。

「先輩《せんぱい》たちは、確かにヒーローだよ……痛いけど」

「一言余計だ！」「マジで生意気だな、おまえ」「あはは、だって事実だし」などと小突《こづ》き合う彼らをほのぼのした気持ちで眺《なが》めていたら、璃星ちゃんがポツリと話し出した。

「ヒーロー部の子たちって、どこにいても目立つよね。『放て、おれのサーチライト！』じゃないけど、彼らは一等星だと思う。それで、嫉妬《しっと》してたんだ」

「……星の魅力《みりょく》は、光の強さだけじゃないと思うけどね。淡《あわ》くても綺麗な色をしていたり、素《す》敵《てき》な物語を持っていたり……」

私の言葉に、「そうだね」と目元を和《なご》ませる璃星ちゃん。

「でも、やっぱり羨《うらや》ましいよ。どうしてあんなに人目を気にしないでいられるんだろう？」

「うーん……カッコつけてるし、全く気にしてないわけじゃないと思う。でも、あの人たちは人がどう思うかより、自分がどう思うかを大事にしてるんだよ」

話しながら、これだ、と思う単語を見つけて、頬がほころんだ。

「自分を信じて誇って、個性を爆発《ばくはつ》させてる。もはや超《ちょう》新星爆発！」

あはは、と手を叩《たた》いて、璃星ちゃんも笑った。

「そっか、超新星か〜。だから眩《まぶ》しく見えるんだ……」


「うおおおお、『アイライブ！』文化祭ガチャ、空良ちゃんＳＳＲキターーー！！」

「ぐあああああっ、右腕《みぎうで》が疼《うず》きだした……ギルディバランよ、覚醒《かくせい》の時はまだ、早い……！」

「ククク……どいつもこいつも、お祭《まつ》り騒ぎに浮かれていられるのも今のうちだ……」

「ナンセンス！　おっ、歌うま選手権⁉　【†刹那　騎悧斗†】の乱入で子猫《プシーキャッツ》ちゃんたちを酔《よ》わせてやるか」

「あー、乗り込んできた他校のヤンキーとド派手な喧嘩《けんか》をぶちかましてーっス！」

「上杉×沼津も、尊い……ぐふふ」

「あっ、みんな、そろそろ出番が近付いてるよ⁉」

「いよいよか！　よーし、文化祭のヒーローになってやろうぜー！」

☆★☆

『盛り上がってまいりました、皆神祭メインステージ！　次の出場者はまさかのこいつら！　揃《そろ》いも揃って奇人《きじん》変人問題児、天下御免《ごめん》のトラブルメーカー、同時にみんなのトラブルバスター、日々人助けに東奔西走《とうほんせいそう》、熱いハートの気のいい奴《やつ》ら、いつしか学園の人気者――』

吉住《よしずみ》放送委員長の口上で、体育館に満員の観客が楽しげにざわめきだす。

名雪先生や氷雨さん、菜々子ちゃんにアリスちゃん、景野君、元生徒会といったお馴染《なじ》みの面子《めんつ》を始めとして、演劇部の元部長やＭＡＳＡＫＩにＳＯ‐ＭＡ、海の家の夏帆《かほ》さんと航平《こうへい》さん、お父さんやみんなの家族、神主《かんぬし》さん、モブ4《フォー》、各運動部や文化部の生徒たち、天の原商店街の皆さんｅｔｃ……縁《えん》のあった人たちが大集合してくれていた。

『我らが誇る、皆神高校ヒーロー部の登場だーー！』

するすると幕が開き、セッティングされた楽器とともにポーズを決める厨病《ちゅうびょう》ボーイズが登場すると、拍手や指笛が鳴り響《ひび》く。

「みんなー、集まってくれてありがとう！　まずはおれの最高の仲間を紹介《しょうかい》するぜー！」

すうっとステージの灯《あか》りが落ちて、キャットウォークに控《ひか》えていた私は、順番に彼らにスポットライトを当てていく。

「ボーカル、イエロー・高嶋智樹！」

「来いよ、俺たちの愛で全員、クレバーに抱《だ》いてやるぜ」

「ギター、グリーン・厨二葉！」

「コングラッチュレーション！　てめーらは今日、伝説《レジエンド》の目撃《もくげき》者となる」

「ベース、パープル・九十九零！」

「さて、このバカ騒《さわ》ぎが吉《きち》と出るか凶《きょう》と出るか……」

「キーボード、ブラック・中村和博、もとい、竜翔院凍牙！」

「さあ皆の者、ともに至高の宴《うたげ》を奏《かな》でようではないか……！」

「照明係、ピンク・聖瑞姫！」

「!? がんばってー！」

体育館脇《わき》にいた虎之助君と莉夢ちゃんからいきなりスポットライトを当てられて、ビックリしながら声援《せいえん》を送る。

「雑用係、松丸虎之助&木下莉夢、もとい、莉々夢＝シュテルリーベ＝ナイトメサイヤ！」

「気合だぜ、兄貴たち！」

「ククッ、さしもの魔王《まおう》も胸が躍《おど》るわ」

「そして、ドラムがおれ、レッド・野田大和だ！　今日は一曲だけだけど、おれたちのすべてを燃やして演奏するから、一緒《いっしょ》に盛り上がってくれよー！」

わあ～っと歓声《かんせい》が上がり、楽器を構える厨病ボーイズ。

「それじゃあ聴《き》いてくれ！　おれたちヒーロー部の――」

部員同士で目配せして、みんなで声をそろえて。

せーの！

「「「「「「「「『厨病激発ボーイ』！」」」」」」」」

野田

先輩たちは、
確かにヒーローだよ……
痛いけど

特別番外編❶

俺がアニメになったなら

「みんな、大変だ～。エマージェンシー、ヒーロー部！」

バーン、と大きな音とともに部室のドアが開き、赤白帽《ぼう》をかぶったくりくりした瞳《ひとみ》の小《こ》柄《がら》な男子――野田大和が、息せき切って飛び込んできた。

キョトンと目をみはる部員たちを見回して、「なんと――」と言いかけたところで、ゲホゲホと咳《せ》き込んでしまう。よほど慌《あわ》てて来たようだ。

「落ち着いて、野田君」

私、聖瑞姫がコップを渡《わた》すと、野田君は「悪い、ピンク……」とかすれた声で言ってから、ゴクゴクと麦茶を喉《のど》に流し込んだ。

「わかってる大和、あの件だろ？」

金髪《きんぱつ》にピンクのベストを着た美形男子――高嶋智樹が、ふっと口元を緩《ゆる》める。

「空良ちゃんメイド服バージョンのフィギュアが発売決定！　確かに大事件だぜ！」

目を輝《かがや》かせながら、推《お》しキャラのイラストを待ち受けにしたスマホを掲《かか》げる高嶋君。うん、違《ちが》うと思う。

「この数日というもの、かつてない頻度《ひんど》で右腕《みぎうで》が疼《うず》いていたが……まさか、四魔将《ましょう》の封印《ふういん》がついに破られたというのか!?」

ハッと顔色を変えて、黒髪《くろかみ》に学ランの眼鏡男子――中村和博（自称《じしょう》『竜翔院凍牙』）が立ち上がり、

「ナンセンス！　とうとう俺のCDデビューが決まった……あたりが一番リアリティあるだろ」

端麗《たんれい》な顔立ちに不敵な笑《え》みを浮《う》かべたオリーブ色の髪の男子――厨二葉が、気障《きざ》っぽく前髪をかき上げる。

二人とも同じくらいあり得ないからね？

「やれやれ、相変わらず馬鹿《ばか》ばっかだね……オレはとっくに全《すべ》てを把握《はあく》してて、むしろ今《いま》更《さら》って感じだけど、野田、いい加減こいつらに話してやれよ」

ヒョウ柄《がら》パーカーの赤髪男子――九十九零が、肩《かた》をすくめながら嘲《あざけ》るような口調で促《うなが》すと、野田君は「ああ……」と真剣《しんけん》な表情でもう一度みんなを見回して、言った。

「なんと——おれたちが、アニメになるらしい」

「「「「えええええええええ!?」」」」

驚《おどろ》きの叫《さけ》びをあげる部員一同。

九十九君も目を見開いて絶叫《ぜっきょう》してて、やっぱり、ただの知ったかぶりだったんだね……。

☆★☆

「俺たちが……」

「アニメ……!?」

みんな、呆然《ぼうぜん》と顔を見合わせてから、ごくりと唾《つば》を飲み込んで。

「「「「やったーーーー!」」」」

今度は一斉《いっせい》に歓喜《かんき》と興奮が巻き起こる。

「すげー!　マジすげーよ、これは。我がオタ人生に一片《いっぺん》の悔《く》いなし……!　——でもいったいどんな風になるんだろうな?」

高嶋君の問いかけに、野田君が「そうだな……」と腕《うで》を組む。

「おれたちの普段《ふだん》の活躍《かつやく》を、アニメ風に演出するとしたら――」

鳴り響《ひび》くサイレン。

部室の天井《てんじょう》に取り付けられたランプがくるくると赤い光を回転させ、スピーカーから緊《きん》迫《ぱく》した声が流れ出す。

『緊急《きんきゅう》事態発生。緊急事態発生。校庭にテスト怪人《かいじん》が出現。生徒を襲《おそ》っている。ヒーロー部はただちに出動せよ』

野田「よし、イエロー、ピンク、ブラック、パープル、グリーン。行くぞ！」

高嶋「ま、待て、まだカレー食べてる途中《とちゅう》……」

中村「何を悠長《ゆうちょう》な。可及的速《かきゅうてきすみ》やかに目的地へ向かうぞ」

校庭。

テスト怪人「長文読解ビーム！」

生徒たち「きゃあああああ」
テスト怪人「品詞分解アタック！」
生徒たち「いやああああああ」
テスト怪人「ウマイヤ朝アッバース朝サーマーン朝！」
生徒たち「やめてくれええええええ」

野田「そこまでだ！」
テスト怪人「なんだ、おまえらは？」
野田「一つ、人より力持ち」
高嶋「二つ、不屈《ふくつ》の闘争《とうそう》心」
聖「三つ、みんなの笑顔のために」
中村「四つ、世直し人助け」
九十九「五つ、いつかの誓《ちか》いを胸に」
厨「六つ、無敵のこの絆《きずな》」
部員全員「我ら、皆神高校ヒーロー部！（ビシイッ）」

ポーズを決めたみんなの背後にバーン！　とカラフルな爆煙《ばくえん》が起こる。
そこからアクションパート。みんなで力を合わせて必殺技《わざ》を放ち、敵を追い詰《つ》める。
テスト怪人「小癪《こしゃく》な……だが、これならどうだ！（みるみる巨大《きょだい》化）」
テスト怪人「ハーッハッハッハ。それ、微分《びぶん》積分ミサイルー！」
生徒たち「ぎゃああああああ（阿鼻叫喚《あびきょうかん》で逃《に》げまどう）」
野田「やめろ！　……こうなったら、あれの出番か（ピッと腕時計《うでどけい》についてるボタンを押す）」
勇壮《ゆうそう》なＢＧＭとともに校舎が真っ二つに割れ、中から巨大ロボが姿を現す。
とうっと全員がジャンプし、ロボの操縦席に吸い込まれていく。
野田「ＤＸ《デラックス》ミナカミロボ、発進！」
「――って完全に別物じゃない！　私たち、そんなニチ●サの戦隊ものみたいな世界には住んでないからね!?」

「あとイエローだからって人を勝手にカレー好きキャラにするな！　安直！」

私と高嶋君の抗議《こうぎ》に、「むぅ」と口をとがらせる野田君。

「まあ、確かにイスラーム王朝の変遷《へんせん》は厄介《やっかい》だよな……」

「微分積分が対学生大量虐殺《ぎゃくさつ》兵器だという点は認めよう」

厨君と九十九君は部分的に共感するところがあったらしい。

「ぬるい、ぬるすぎるぞ、野田大和。一クールで何十という作品が放映されるこのアニメ戦国時代にそのような特撮《とくさつ》の王道を焼き直しただけの勧善懲悪《かんぜんちょうあく》物語では、数多《あまた》の作品群の中に埋没《まいぼつ》せざるをえまい」

険しい表情でそう言ったのは、中村君だ。

「じゃあ、ブラックはどんなアニメだったらいいと思う？」

「フッ……一例をあげるならば——」

ナレーション《グランヴァルド暦《れき》七九五年。世界は魔の眷属《けんぞく》が跋扈《ばっこ》し、破壊《はかい》と殺戮《さつりく》の影《かげ》に怯《おび》える人々の嘆《なげ》きに満ちた混沌《こんとん》の時代に突入《とつにゅう》していた。多くの国々が魔王《まおう》軍の支配下に堕《お》ちていくなか、対魔王戦における人類の希望の灯《ともしび》、反撃《はんげき》の要《かなめ》となっていたのが東の大陸ヴォカローの宝石と謳《うた》われる騎士《きし》国家ミナルカミルである。しかしそのミナルカミルも今、五十万という魔物の軍勢に取り囲まれ、陥落《かんらく》寸前の危機に陥《おちい》っていた――》

粉塵《ふんじん》が舞《ま》う広大な戦場で、魔物の大群相手に必死に戦う野田大和（勇者）、高嶋智樹（盗賊《とうぞく》）、聖瑞姫（魔法使い）、厨二葉（吟遊《ぎんゆう》詩人）、九十九零（村人A）の五人。

すでに彼らの全身はボロボロであり、疲労困憊《ひろうこんぱい》であることが見て取れる。

高嶋「クソッ、倒《たお》しても倒しても、襲ってきやがる……」

聖「もう……魔力も限界よ……っ」

九十九「マジ無理やばい終わった死にたくない死にたくない死にたくないあわわわわわわ」

厨「チッ、悔《くや》しいが、ここまでか……!?」

野田「みんな、あと少しだ、あと少しこらえれば、きっと〈あいつ〉が戻《もど》ってくる……！」

魔物の攻撃《こうげき》を剣《けん》で受け止めながら一同を激励《げきれい》した野田だったが、刹那《せつな》、バランスを崩《くず》して転倒《てんとう》する。無防備になった野田の頭上に鋭《するど》い爪《つめ》が迫《せま》り、万事《ばんじ》休すと思われたその時――

？？？「裁天の霹靂《ラスト・ジャッジメント》」

低音が響くと同時に、ズドン！　と蒼《あお》い雷《いかずち》を帯びた漆黒《しっこく》の剣が地面に突《つ》き刺《さ》さり、野田を襲おうとしていた魔物が脳天から真っ二つになる。

ハッと全員が息をのみ、その剣の飛んできた方向を見つめる。

みんなの視線の先、舞い上がる土煙《つちけむり》の中からゆっくりと現れたのは――漆黒の鎧《よろい》を身にまとった気高き一人の黒騎士。

竜翔院「――待たせたな」
野田「凍牙……！」
高嶋「遅《おそ》すぎるぜ、竜翔院！」
厨「スチューピッド……！」
竜翔院「（満身創痍《まんしんそうい》の仲間たちの姿を見て、一瞬眉《いっしゅんまゆ》をひそめるが、あくまでポーカーフェイスで）この先は、俺に任せろ（両手にはめていた白い手袋《てぶくろ》を脱《ぬ》ぎ、無造作に放《ほう》り捨てると、落ちた瞬間ドス、ドスッ……と地面が沈《しず》み込む）」
九十九「あの手袋……一つ七〇〇キロあるんだよな」
聖「そして、装着することで彼の凄《すさ》まじい魔力を五パーセントにまで抑《おさ》える制御装置《リミッター》の役割を果たしていたはず……竜翔院君、本気だわ」

竜翔院「（静かな怒《いか》りを滲《にじ》ませた瞳《ひとみ》で魔物を見回しながら）貴様ら、覚悟《かくご》はいいか？

――俺を怒《おこ》らせた罪は重い！」

爆音《ばくおん》が轟《とどろ》き渡《わた》り、何千という魔物が一気に吹《ふ》っ飛ぶ。

ここで場面転換《てんかん》、王城の塔《とう》の上から戦場を見守っていた王女が、驚《おどろ》きに目をみはる。

王女「彼は……いったい何者ですか？」

大臣「〈漆黒の閃光《せんこう》〉と称《しょう》される孤高《ここう》の黒騎士、竜翔院凍牙。剣術《けんじゅつ》・体術・槍術《そうじゅつ》・弓術《きゅうじゅつ》

……あらゆる武術を極《きわ》め、魔術《まじゅつ》も超一流《ちょういちりゅう》、頭脳明晰《めいせき》で戦略智謀《ちぼう》にも長《た》け、いつ如何《いか》なる時も沈着《ちんちゃく》冷静な不世出の英雄《えいゆう》ですが、名誉《めいよ》や権力には一切《いっさい》興味を見せない変わり者です。また、ここだけの話ですが、天使と悪魔《あくま》のまぐわいのもとで誕生した禁断の血脈だとか、時折破壊衝動《はかいしょうどう》の塊《かたまり》のようになる多重人格者だとか、一筋縄《ひとすじなわ》ではいかない黒い噂《うわさ》も尽《つ》きませんな……」

王女「まさしく一騎当千《いっきとうせん》のあのご活躍《かつやく》、何のいわくも持たない凡人《ぼんじん》のはずがありません。どのような背景があろうと、あの御方《おかた》、竜翔院凍牙様はこの国の、いえ、この世界の救世主ですわ……！」

……ただのいつもの中村君の妄想《もうそう》だった。

「ずるいぞ、ブラック！　自分だけいいところを持っていって……」

「一人だけ完全にチートじゃねえか！」

「最初の長ったらしいナレーションの時点で俺はドロップアウト確定だぜ」

「てかオレの扱《あつか》い酷《ひど》すぎるんだけど!?」

みんなの非難も聞こえない様子で、中村君は一人「ククク……」と自分の世界に浸《ひた》り続けている。

「つーか、俺たちがアニメになるならきっと日常系だろ？　だから――」

そうして今度は高嶋君が話し始めた。


カーテンの隙間《すきま》から朝の光が差し込む部屋で、ベッドに眠《ねむ》る高嶋を、サイドテールの美少女が優《やさ》しく揺《ゆ》さぶっている。

？？「起きて。ねえ、智樹君、起きてってば……」
高嶋「ん……っ空良ちゃん⁉　……あ、そっか。おはよう（ドキドキ）」
空良「（制服にエプロン姿で）クスッ、まだ慣れないの？　もう朝ご飯できてるよ。早く食べなきゃ遅刻《ちこく》しちゃうぞ♡」
高嶋（ナレーション）《俺は高嶋智樹。ちょっとイケメンなだけの普通《ふつう》の高校一年生。……だったんだけど、先日、親同士が再婚《さいこん》して、なんとスクールアイドルの小鳥遊空良ちゃんと義理の兄妹《きょうだい》になってしまった！　しかも親たちはハネムーンで世界一周旅行に出かけて、半年間、家には空良ちゃんと二人っきり⁉　アイドルは恋愛《れんあい》禁止、俺は空良ちゃんを応援《おうえん》してるし、空良ちゃんは俺のことを兄貴として信頼《しんらい》してくれている。だけど、空良ちゃんは無邪気《むじゃき》で無防備でちょっとドジで——そこがまた可愛《かわい》いんだけど——初日から思わぬハプニングがてんこもりで（階段から落ちてきた空良ちゃんを抱《だ》きとめて押し倒す体勢になったり、お風呂場《ふろば》のカギがかかってなかったりなどの回想が次々と流れる）……おいおい、もつのか、俺の理性〜⁉》

通学路。

空良ちゃんと並んで歩く高嶋に、後ろからショートカットの美少女が抱き着いてくる。

硝子《しょうこ》「おはよう、智樹、空良ちゃん！」

高嶋「硝子!?」

空良「おはよう、硝子ちゃん」

高嶋「おまえ、すぐ抱き着いてくるのやめろ……」

硝子「えー、なに照れてるの？　子どもの頃《ころ》は一緒《いっしょ》にお風呂に入って同じ布団《ふとん》で寝《ね》てた仲なのに……てか、私は今も一緒でいいんだけどね？」

高嶋「なに馬鹿《ばか》言ってんだよ。……（声を潜《ひそ》めて）今夜、権田《ごんだ》原《わら》家に忍《しの》び込むつもりだろ？」

硝子「……うん（目をみはってから、真面目《まじめ》な顔になってコクリと頷《うなず》く）」

高嶋（ナレーション）《こいつは、幼馴染《おさななじみ》の硝子。一見普通の女子高生だけど、実はその正体は巷《ちまた》を騒《さわ》がせる怪盗《かいとう》ショコラッテだ。先日、ひょんなことからその事実を知ってしまった俺は、彼女の唯一《ゆいいつ》の協力者となった。だけど……》

高嶋「もうやめないか？　いくら不当に奪《うば》われた親父《おやじ》さんの形見を取り戻すためといっても、リスクが大きすぎる」

硝子「大丈夫《だいじょうぶ》、怪盗ショコラッテに不可能はない！（笑顔《えがお》で言い切ってから、ふっと切なげに瞳を揺らして）――一番欲しいものは、なかなか盗《ぬす》めないんだけどね」

高嶋「ん？　何か言ったか？」

硝子「な、なんでもない！」

照れたように笑う硝子にキョトンとする高嶋の横に、不意に青いワンピースをまとった金髪《きんぱつ》美女がシュンッと出現する。空良と硝子は彼女の存在が見えていない様子。

シャルロット「マスター、少々いいだろうか？」

高嶋「あ、俺、ちょっと忘れ物したから、空良ちゃんと硝子は先に行っててくれ！（二人から距離《きょり》ができてから）シャルロット、どうした？」

高嶋（ナレーション）《こいつは、俺の使い魔《ま》のシャルロット。先日、家の倉庫で見つけた古い指輪をはめたところ、突然《とつぜん》俺の目の前に現れて――》

「――先日色々ありすぎか！　なんか世界観が詰《つ》め込まれすぎて、渋滞《じゅうたい》起こしてるよ!?」

「さてはおまえ、片っ端《ぱし》から自分の推《お》しと共演しようとしてるな？」

厨君の指摘《してき》に「あったり～」と悪びれた様子もなく頷く高嶋君。

「せっかくアニメ化するなら、夢のコラボもいいかな～って」

まったく……と呆《あき》れたようにため息をついたのは、九十九君だ。

「どいつもこいつもセンスがないね。オレはもっとクールでスタイリッシュな作風を希望するよ」

高速道路を疾走《しっそう》する一台の紫《むらさき》のスポーツカー。その後ろを二台の車が追走するが、スポーツカーの驚異《きょうい》のドライビングテクニックによって一台はコースアウトして海の中に落下し、もう一台はスリップしてからフェンスに激突《げきとつ》して爆発炎上《ばくはつえんじょう》する。

悠々《ゆうゆう》とその場を走り去ったスポーツカーは、やがて郊外《こうがい》の廃墟《はいきょ》ビルの付近に停《と》まり、運転席からスーツ姿の赤い髪《かみ》の男――九十九零――が降りてくる。

瞬間《しゅんかん》、九十九の目が鋭《するど》く光り、神速で胸元《むなもと》から取り出した銃《じゅう》を二発、バンバン、と連射するや、少し離《はな》れた木の上から二人の男が次々にどさりと落下。九十九はふっと銃口に息を吹きかけると、廃墟ビルへと入っていく。

廃墟ビルの中、行きどまりの壁《かべ》の一部を押したところ、壁は動き出し、地下への秘密階段が出現する。地下には薄暗《うすぐら》い光に照らされた豪華《ごうか》なバーが隠《かく》されていた。

カウンターにはオールバックの渋《しぶ》いマスターと、セクシーな美女の姿がある。

九十九「（カウンター席につき、USBメモリを差し出しながら）お望みのデータは入手した。報酬《ほうしゅう》はいつもの口座でいい」

マスター「ほう……さすが組織で実力ナンバー1と囁《ささや》かれる男。コードネーム『ストロ●グ・ゼロ』」

美女「ゼロって高校生なんでしょう？　学校の友達もまさか、そんな身近に闇《やみ》組織の腕《うで》利《き》きエージェントがいるなんて思いもよらないでしょうね」

九十九「……（無言でニヤリと片頬《かたほお》を上げて笑う）」

九十九（ナレーション）《こいつらは知らない。このオレ、九十九零は学生、闇組織のエージェントの他《ほか》に、更《さら》にもう一つ秘密の顔を持つ、トリプル●ェイスの男だということを――》

はいカットカットカーット！

「パープル、それはギリギリすぎるぞ！」

「うむ、アニメともなると権利問題にはより細心の注意を払《はら》うべきだろう」

「てかな～にがトリ●ルフェイスだ、おこがましい！」

「全国の安●の女たちからフルボッコにされろ、この身の程《ほど》知らず」

「くっ……！」

一斉掃射《いっせいそうしゃ》で責められて、頬を引きつらせながらこちらに視線を向けてきた九十九君は、私が無言のまま両手で大きくバツを作ると、ガーン！　ととどめを食《く》らったかのようによろめき、顔を伏《ふ》せた。


「えーと、実際どうなるか、楽しみだね！　ということで今日はこのあたりでお開き――」

「ストップ！　まだ俺の予想を披露《ひろう》してねーぞ!?」

強引《ごういん》にまとめて終わらせようとしたところで、厨君に割り込まれる。

「もういいよ……どうせまた自分勝手な妄想《もうそう》を並べ立てるパターンでしょ……」

「ナンセンス！　俺のは一味違《ちが》うっつーの。イッツショウタイム！」

ナレーション《十月。都内の某《ぼう》ライブハウスは、激しい熱狂《ねつきよう》の渦《うず》に包まれていた》
観客「騎悧斗～」「騎悧斗最高！」「騎悧斗！　騎悧斗！　騎悧斗！」
厨「今日のパーティーはこれにてフィナーレだ！　サンキュー！　アリーヴェデルチ！」
観客「わああああああああ」
ナレーション《老若男女《ろうにやくなんによ》問わず絶大な人気を誇《ほこ》る、カリスマ歌い手高校生、【†刹那騎悧斗†】》
（個別インタビュー映像）
野田「あいつの歌はすごいぜ！　聴《き》いてると、無限のパワーが湧《わ》き上がってくるんだ」
中村「あの男こそ、天才……というに相応《ふさわ》しい才能の持ち主だと認めざるをえまい」
ナレーション《その果てしない魅力《みりよく》とクリエイティビティは、いったいどこからやってくるのか？　その神秘のヴェールに包まれた素顔《すがお》を暴《あば》くため、今回我々は、騎悧斗に一カ月間の密着取材を試みた》

ナレーション《騎悧斗の朝は、シャワーから始まる》
厨「♪〜♪〜♪〜（湯気の立ち込める浴室でシャワーを浴びながら美声を響《ひび》かせる）」
ナレーション《騎悧斗いわく、『俺は毎日生まれ変わる《アイム・リボーン・エブリディ》』。熱いシャワーを頭から強く浴びることで、昨日までの自分をリセットし、常に新鮮《しんせん》な気持ちで一日を迎《むか》えるのだ。（場面が、ゴールデンレトリバーの紐《ひも》を引いて走る厨の姿に切り替《か》わる）それから、愛犬オメガ＝グーテンタール＝如月を連れて、五キロのジョギング。あのパワフルなライブを完遂《かんすい》するには、体力が必要不可欠……騎悧斗は身体強化にも熱心だ》
（個別インタビュー映像）
高嶋「あいつ、ジムにも通って筋トレしてるんですよ。もともと才能がある上に努力もいとわないんだから、敵《かな》わないっつーか……」
九十九「あいつとは従兄弟《いとこ》同士で何かと張り合ってきたけど……正直あのストイックなとこは、尊敬するね」
厨「——いえ、別に努力してるって意識はないです。モーニング・ジョグはオメガとの触《ふ》れ合いタイムだし、筋トレもただやるべきことをこなしてるだけで。……特に鍛《きた》えてるところ？　声量はまだまだ上げたいんで、腹筋です。……イエス、シックスパック」

ナレーション《ジョギングから帰ってきたら、また軽くシャワーを浴びる》

厨「♪〜……ノー、ノットディス……♬〜♪〜♪〜……！　ディスイズイット(これだぜ)！」

ナレーション《騎悧斗によると、水を浴びることは、感性と創造力を刺激《しげき》する効用もあるという》

「「うっぜえええええええええええ！」」

高嶋君と九十九君が声をそろえて悶絶《もんぜつ》し、他のメンバーもげんなりした様子でこくこくと頷《うなず》いた。

一味違う、どころか痛々しさがよりいっそう強烈《きょうれつ》に押し出されている……。

「ドキュメンタリー風にして人に変な台詞《せりふ》しゃべらせてんじゃねえよ！」

「いっちょまえにプロフェッショナル気取って仕事の流儀《りゅうぎ》を語るな！」

「グリーンはそんなにシャワーが好きだったのか？」

「サービスだよ、サービス。更にブルーレイ版ではなんと！　湯気がとれる……!?」

そんな十八禁仕様いりません！

みんなの妄想はとどまるところを知らないけれど、果たしてどんなアニメになったのか？

機会があれば、是非《ぜひ》あなたの目でお確かめください……！

特別番外編❷

即興喜劇・かぐや姫

「新しい依頼《いらい》が来たぞ！　今週土曜日はみんなでお月見だ！」

部室に集まった部員たちにチラシを掲《かか》げて見せながら、今日も元気な野田君が意気《いき》揚々《ようよう》と話し始める。

「依頼主は、おれと智樹の住んでる町内の老人会の、吉蔵《よしぞう》さん。今度公民館でお月見会をやるから、そこで余興をしてほしいそうだ」

「大和はばあちゃんっ子だったし、お年寄りに知り合いが多いんだよ。買い物の荷物を持ってあげたり、雨漏《あまも》りの修理を引き受けたり、普段《ふだん》から色々手伝ってるからその流れだな」

高嶋君の説明に、さもありなん、と納得《なっとく》した。

でも余興か……何をしたらいいだろう？

「やはりヒーローショーか？」

幼稚《ようち》園《えん》じゃなくて老人会だからね!?

「『アイライブ！』の名曲メドレーをみんなで踊《おど》る！」

野田君も高嶋君も、自分が楽しいだけじゃない！

「夜更《よふ》けの集《つど》い……ならば百物語はどうだ？」

眼鏡を光らせながら、中村君。お月見どころじゃなくなるよ⁉

「安売りはしたくないが、どうしてもって言うなら【†刹那　騎悧斗†】が出張ライブしてもいいぜ」

「誰《だれ》が頼《たの》むか、バカ」

九十九君が冷たくいなすと、「ああ？」と厨君が声を荒《あら》らげた。

「じゃあてめーはなんかグッドアイディア持ってるのか？　否定するだけならイージーだよな」

「オレはバカにバカって言っただけだし。否定以前に論外なんだよ」

この二人の言い合いは日常茶《さ》飯事《はんじ》なので、他《ほか》のメンバーはもう完全にスルーして「何がいいかなあ」と首をひねる。

「定番は歌とか楽器とか、劇とか……？　お月見会だから、月にちなんだ何かで」

私の言葉に、みんななるほど、という顔で頷いた。

「けっこう持ち時間があるから、劇にするか！　ただ、実は今回の依頼、一つ裏事情があるんだ」

裏事情？

「少し前、老人会に佳代《かよ》さんっていうばあちゃんが仲間入りしたんだけど、女手一つで育ててきた子どもたちが三人とも家を離《はな》れて、ほぼ同時期に仕事もやめて気が抜《ぬ》けちゃったのか、すっかり無気力になっちゃってるらしい。他のお年寄りともなかなか馴染《なじ》もうとしないで浮《う》いちゃってる感じだから、いつもの老人会とはちょっと変わったことができたら佳代さんの気分も変わるかも……ってことで、吉蔵さんから余興を頼まれたんだ」

「なるほど、元気がないおばあちゃんを励《はげ》ますのが目的なんだね」

「ってことは、明るい話がいいよな～」

「お年寄りが好きな、笑える劇……？」

「可能ならば観客もただ見ているだけではなく、何かしらの形で参加できるようなものが理想ではないか？」

「順番に考えようぜ。まず月がテーマやモチーフになってる劇となると――」

☆★☆

そして、お月見会の当日。

天気予報ではちょうど台風が直撃《ちょくげき》するかもといわれていたのだけれど、幸いこの夜は風もなく、空には見事な満月が皓皓《こうこう》と輝《かがや》いていた。

「フッ……密《ひそ》かに力を解放した甲《か》斐《い》があったな。この竜翔院凍牙の魔力《まりょく》をもってすれば、台風の進路を変えるなどたやすいこと……」

自分の手《て》柄《がら》のように語る中村君はともかく、ちゃんと予定通り開催《かいさい》できそうで何よりだ。

お手伝いをするために少し早めに公民館に行くと、吉蔵さん他、数人のお年寄りがにこにこしながら出《で》迎《むか》えてくれた。

「よく来てくれたのう、君たちがヒーロー部かい。大和からよく話を聞いてるよ」

「わざわざありがとうね」

「若い人たちがいると、場が華《はな》やいで嬉《うれ》しいねえ」

彼らの指示のもと、私たちはススキや里芋《さといも》を飾《かざ》ったり、お団子を作ったり……といった作業にとりかかる。

「見ろ、十段タワー！　もっと行けるか……？」

「大和、団子を積み上げるな！　落ちる、落ちる！」

「仕上げは甘美なる涅色《くりいろ》のビロードか、砂糖妖精《ようせい》の黄金の鱗粉《りんぷん》を希望するぞ」

「オーケー、あんこときな粉は用意してある。みたらしあんも作っておくか」

「九十九君のお団子、すごくカラフルなんだけど……!?」

「白一色じゃ味気ないからね。食用色素を使ったのさ——って野田、勝手に混ぜるなよ！　……あー、エグい色になった……」


　わいわい言いながら大方の準備ができた頃《ころ》、他のお年寄りもたくさん集まってきて、和室の大広間でお月見会が始まった。

——といっても、特に開始の合図はなく、来た人から順に、持参した湯飲みとお椀《わん》にお茶とお団子をもらって、あとは各自で好き勝手にだべっている、ゆるい会合だ。

　私たちも、参加者全員にお茶とお団子を配り終えると、適当な場所に腰《こし》を下ろして食べる側に回った。

……うん、美味《おい》しい。自分で作ったと思うと、なおさらそう感じるなあ。

甘党の中村君は特にホクホクした顔でお団子をほおばっている。

大きく窓の開けられた縁側《えんがわ》から見える、青白く光る丸い月。

秋風にのって響《ひび》いてくる、りーりーという音は、鈴虫《すずむし》かな。

なかなかに風情《ふぜい》があるけれど、私たちも含《ふく》めて月を愛《め》でているのは最初だけで、ほとんどの人は食事とおしゃべりに夢中だよね……と大広間を見回していたら、他のお年寄りのグループから一人だけ離れたところに座っているおばあさんの姿に気付いた。

「佳代さんもこっちにおいでよ、一緒《いっしょ》に食べよう」

「いや、私はここでいいよ……」

他のお年寄りに誘《さそ》われても、そんなふうに断って、すぐに視線を空に向ける。

でも、その目はぼんやりとして、何も映していないように思えた。

あの人が、佳代さんか……。


「佳代ばあちゃん、団子ほとんど食べてないじゃないか。お代わりはまだいっぱいあるぞ！」

野田君が近付いていって話しかけたところ、佳代さんは「食欲《しょくよく》がなくてねえ」と淡々《たんたん》と応じた。

「なんでみんなから離れて食べてるんだ？　誰か嫌《きら》いな人がいるのか？」

一応声は潜《ひそ》めつつも、ズバッと正面から切り込む野田君にちょっと冷や冷やしたけど、幸い佳代さんは気を悪くした様子はなく、首を横に振《ふ》る。

「みんな、親切でいい人だよ。でも、もう老い先短いと思うと、新しい人間関係を作るのも面倒《めんどう》くさくてね……とはいえ、ずっと家にいても気が滅入《めい》るから、こういう会はありがたいんだよ」

人が嫌いとか苦手というわけではなく、やはり気力の問題のようだ。

「媼《おうな》よ、汝《なんじ》の趣味《しゅみ》はなんだ？」

「え、特に何も……」

中村君に問いかけられ、若干《じゃっかん》戸《と》惑《まど》いを見せつつ、答える佳代さん。

「じゃあ新しく作ろうぜ！　んー、特撮《とくさつ》番組の鑑賞《かんしょう》とか」

「ゲームもおススメ！　『アイライブ！』っていうんだけど……」

「ネット動画もおもしろいやつがいっぱいあるぜ」

「インディーズバンドの隠《かく》れた名曲探しなんてどう？」

「俺が推薦《すいせん》したいのは楽器演奏だ。壮大《そうだい》なクラシックは魂《たましい》を癒《いや》すとともに無限の想像力を搔《か》き立てる――」

「みんな、自分の趣味を押し付けてるだけじゃない！　すみません……」

私が慌《あわ》てて間に入ると、呆気《あっけ》にとられていた佳代さんは、「ありがとうね、色々考えてくれて」とわずかに瞳《ひとみ》を和《なご》ませた。

「でも、いいよ。今更《いまさら》何か始めても、若い人たちと違《ちが》ってのみこみも遅《おそ》いし、すぐ疲《つか》れるし……」

そこまで話すと、佳代さんはため息をついて、また空を見上げる。

「どうせ、あとはお迎《むか》えが来るのを待つだけだよ」

「そんな――」

野田君がそこまで言いかけたところで、ボーン、と時計の音が響いた。

頼《たの》まれていた出し物の時間だ。

「……佳代ばあちゃん。おれたち、この後、劇やるんだ。見ててくれよ！」

野田君の言葉に、佳代さんは少し首を傾《かし》げてから、コクリと頷《うなず》いた。

☆★☆

「ではこれから、皆神高校ヒーロー部の子たちに出し物をしてもらいます。『即興《そっきょう》喜劇・かぐや姫《ひめ》』」

吉蔵さんのアナウンスの後、パチパチパチ……と拍手《はくしゅ》が起こり、大広間の前方にあるステージに、白い綿のあごひげをつけた甚平《じんべい》姿の野田君が登場する。

「よう、おれは竹取の翁《おきな》！　竹を取ることでは誰《だれ》にも負けないぜ！　そしてこの広い竹林を全《すべ》て刈《か》り尽《つ》くした時、おれは次のステージに進めるんだ……！」

何の修行《しゅぎょう》だ！　とツッコみたくなるような台詞《せりふ》を言いながら、段ボールとアルミ箔《はく》で作った鉈《なた》を「うおおおおおお！」とがむしゃらに振りまくる彼に、「いいぞ、大和！」「がんばって～」と客席のお年寄りから声援《せいえん》があがった。

今回の劇はあまり練習をする暇《ひま》もなかったし、ナレーターである私の台詞以外は、おおまかなあらすじと役だけ決めて、あとは各自がその時のノリで進めることになっている。

高嶋君いわく「大和は老人会の人気者だし、俺たちもその仲間ってことで大抵《たいてい》のことは受け入れてもらえるはず」とのこと。

不安だったけど、確かにこの調子なら大丈夫《だいじょうぶ》そうかな。

「むっ、どこかから、奇妙《きみょう》な気配がする。放て、おれのサーチライト！」

野田君がおでこの前に両手でチョキを作って叫《さけ》んだ直後、舞台袖《ぶたいそで》から、真ん中が光る竹の絵が描《えが》かれた垂れ幕がステージに移動してきた。

「これか！　竹がピカピカ光ってる……⁉　とりあえず切るか。必殺！　バーニングカッター！」

大きなモーションで鉈を振り下ろした次の瞬間《しゅんかん》、まるで弾《はじ》かれるような動作で後ろによろめく野田君。

「くっ……か、硬《かた》い……！　これはおれだけの力じゃ無理だ。会場のみんな、おれに向かって両手を上げて、おれに力を貸してくれー！」

……結局ヒーローショーのノリになってる……！

けど、まるで孫を見守るような眼差《まなざ》しで、皆さんあたたかく協力してくれていた。

ありがたや……。

「すごいぞ、みんなの力が集まって、どんどん膨《ふく》れ上がっていく。うおおおおお――よし、今だ。必殺！　バーニングカッター・エクストリーーム！」

野田君が絶叫《ぜっきょう》とともに再び鉈を振り下ろすや、ひらりと垂れ幕が床《ゆか》に落ち、黒髪《くろかみ》ロングのカツラをつけて綺麗《きれい》にお化粧《けしょう》した浴衣《ゆかた》姿の中村君（コンタクト着用）が現れた。

中村君は右手で天を、左手で地を指し示しながら、厳《おごそ》かに第一声。

「天上天下唯我《てんじょうてんげゆいが》独尊《どくそん》」

お釈迦《しゃか》様じゃないんだから！

「た、竹の中から女の子が……!?」

「ククク、よくぞ我が封印《ふういん》を解き放ってくれた……そなたにはそれ相応の報酬《ほうしゅう》を与《あた》えよう……」

いやこれ絶対解放したらダメなやつ！　世界を滅《ほろ》ぼそうとしてくるやつ！

暴走しすぎだー、と頭を抱《かか》えたけれど、客席からは「あらまあ、めんこいねえ」「あの子、本当は男の子じゃって」「たいしたものじゃ」と感嘆《かんたん》の声が上がっていた。

とりあえずヴィジュアルの強さが勝《まさ》ったらしい。

よし、中村君の女装の威力《いりょく》はお年寄りにも有効だ……！　とガッツポーズしてる場合じゃない。次は私の出番だ。

《竹取の翁は、その不思議な女の子を家に連れて帰り、育てることにしました。かぐや姫と名付けられたその子はすくすくと大きくなり、輝《かがや》くほど美しい女性に成長しました。か

ぐや姫の美しさはすぐに都中の噂《うわさ》となり、たくさんの若者が求婚《きゅうこん》に訪《おとず》れるようになりました》

ステージの端《はし》に立って、私がそこまで話し終えたところで、紙で作った烏帽子《えぼし》を被《かぶ》って浴衣《ゆかた》を着た、高嶋君、九十九君、厨君が登場する。

「おお、なんて美しい女性なんだ。『アイライブ！』の空良ちゃんにも負けないくらい可《か》愛《わい》いぜ……！　――ちなみに『アイライブ！』はスマホでプレイできる名作ゲームだから、興味がある人はあとで聞きにきてください～。この美少女が空良ちゃんです！」

わざわざ用意してきたらしい、『アイライブ！』の大きなポスターを客席に見せながら、布教を始める高嶋君。こんな時にまで意欲《いよく》的すぎる。

「確かに、噂になるだけのことはある……だがオレは見た目には騙《だま》されないぜ？　女はいくらでも化けるもんだし、お綺麗な顔して内面は醜悪《しゅうあく》なドロドロが渦巻《うずま》いてるなんてザラにある。はてさて、かぐや姫の正体はいかに……？」

九十九君、あなた何しに来たの？

「気に入ったぜ、プリンセスかぐや。おまえこそ、俺が探し求めていた運命の女だ。オーケー、愛するおまえにこの歌を贈《おく》ろう。タイトルは……〈バンブー☆ララバイ〉」

決め顔で指差ししてから、「バンバンバンブーバンババーン……♪」と調子っぱずれな歌声を響《ひび》かせ始める厨君。

このままリサイタルに突入《とつにゅう》されたらたまらないので、私は慌てて次の台詞を読み上げた。

《竹取の翁は若者たちの人柄《ひとがら》を知るため、俳句会を開くことにしました。この俳句会にはかぐや姫と竹取の翁も参加して、皆さんからいただいたお題でその場で俳句を作って、できた人から発表します。というわけで、何でもよいので、お題を思いついた方、手をあげてください》

私が説明している間に、男子たちはそれぞれ舞台袖から大きめの短冊、筆ペン、座布団《ざぶとん》をとってきて、等間隔《とうかんかく》に座布団を並べて腰《こし》を下ろす。

観客にも一緒《いっしょ》に参加してもらえるものを……ということで、お題をもらってそれに答える大喜利形式を組み込むことにしたのだ。

ほどなくして、客席の真ん中くらいから手があがった。

《はい、そちらの方》

「月」

《ありがとうございます。お題は『月』をいただきました。それでは、月をテーマに一句、詠《よ》んでみましょう》
「――よし、できたぞ！」
最初に声を上げたのは野田君だ。

「満月は　丸くてでかくて　きれいだな」

小並感《こなみかん》……！　圧倒《あっとう》的小並感っ……！
しかし会場からはあたたかい拍手《はくしゅ》が起こっていた。何この涙《なみだ》が出るほど優《やさ》しい世界。
《いくらなんでもそのまんますぎます。もうひとひねり！》
「じゃあ、これはどうだ!?」と短冊に書きなぐる野田君。

「満月に　おれも撃《う》ちたい　かめ●め波《は》」

……アホだー。

《ドラ●ンボールですか……確かにそんな場面ありましたね》

男子たちは「わかりみ！」「あの対処法はさしもの俺も唸《うな》ったものだ」「名シーンだよね」「確か二回デストロイして……」と俄然《がぜん》テンションを上げて語り始める。

《はいはい、皆《みな》さんがドラゴン●ールが大好きなのはわかりましたが、俳句を考えてください》

「じゃあ、はい」

そう言いながら見せた高嶋君の句は……

「空良ちゃんと　どこへ行こうか　ハネムーン」

《お題の月はどこ行った⁉》

「ハネムーン＝蜜月《みつげつ》だろ。月見てたら空良ちゃんを思い出して、愛が高まって……あ、月に新婚《しんこん》旅行ってのもロマンティックかもな。『空良ちゃん、君への愛がとうとう大気圏《けん》を突破《とっぱ》したぜ』『もう、智樹君ったら……♡』」

ニヤニヤと妄想《もうそう》世界に浸《ひた》る高嶋君。

またこの人は……と呆《あき》れてたら、今度は中村君が「できたぞ」と宣言した。

「罪に濡《ぬ》れし　俺に微笑《ほほえ》む　赤き月」

《いやどこの世界線の話ですか⁉　何が見えてるの、あなたは！》

「脳裏《のうり》に焼き付いた前世の記憶《きおく》を切り取って見せただけのこと。……月の光はインスピレーションを刺激《しげき》するな。ククク、いくらでも浮《う》かんでくるぞ……」

怪《あや》しい笑《え》みをたたえながら嬉々《きき》として次の短冊へと筆を走らせる中村君の横で、「次は俺のターンだ」と厨君も手をあげた。

「淋《さび》しげな　月《オマエ》に捧《ささ》ぐ　夜想曲《ノクターン》」

わざわざ振《ふ》ってるルビが痛々しい……！

「プラスワン」と自信満々の厨君が続けて披露《ひろう》したのは――

「夜想曲《ノクターン》　歌えば月も　ノックダウン」

《ダジャレか！》

「ノー、押韻《ライム》だ。【†刹那　騎怜斗†】の歌声には月すら悩殺《のうさつ》されてクラクラだぜ」

チュッと空に投げキッスをして見せながら、のたまう。

精神的ダメージでクラクラかもね……。にしても気に入ってるな、夜想曲《ノクターン》。

そこで「書けたぞ」と再び中村君。

「殺戮《さつりく》と　破《は》壊《かい》の衝動《しょうどう》　月下の宴《えん》」

《いや怖《こわ》いから！　あなたかぐや姫《ひめ》でしょ!?　お願いだからおとなしくしててください》

「俺も二つ目できた！」と高嶋君。

「月に吠《ほ》える　届かぬ想《おも》い　ガチャ100連」

爆死《ばくし》したのか……。

《課金はほどほどにしてくださいね……——九十九君は苦戦中でしょうか？》

「とっくにできてるよ。だが真打は最後に出てくるものだろう……？」

「ウザ。御託《ごたく》はいいからさっさと詠め」

「はあ？　聞かせてください、だろ、この愚民《ぐみん》が」

厨君とそんなやりとりを交《か》わしてから、九十九君は喉《のど》の調子を整えるようにコホン、と小さく咳《せき》をして、一句。

「黒幕は　月夜の陰《かげ》で　暗躍《あんやく》す」

「凡人《ぼんじん》」

「凡人」

「才能なし」

「凡人」

「なんでオレだけ判定付き!?」

「「「結果、凡人」」」

「誰《だれ》が凡人だ！」

男子四人に憤慨《ふんがい》しながら言い返した九十九君は、「じゃ、じゃあこっちはどうだ」と二つ目の短冊を詠み上げた。

「月が綺麗《きれい》　それで通じりゃ　世話はない」

「「ブッ」」と一斉《いっせい》に噴《ふ》き出す高嶋君と厨君。

「なるほどな」と口元を緩《ゆる》める中村君に、野田君が目を瞬《またた》いて尋《たず》ねる。

「どういう意味だ？」

「かの文豪《ぶんごう》、夏目漱石《なつめそうせき》は『アイラブユー』を『月が綺麗ですね』と訳したという有名な話があるのだ……事実が確認《かくにん》できる資料が残っているわけではないので後世の作り話である可能性が高いが、奥ゆかしい日本人の情緒《じょうちょ》をよく表現しているとして世間に広く流通している」

「へえ、おもしろいな！」

《確かに、突然《とつぜん》『月が綺麗ですね』とか言われても、告白されたなんて思いませんね》

「……そうだな、二百パーセント気付かないよな……ククッ」

「ああ、これは名句だぜ……！」

高嶋君と厨君は涙目で笑いをこらえていて、二人とも、よほどツボに入ったようだ。でもそこまで笑うような句……？

「なんかだんだん腹立ってきた……」

苦虫をかみつぶしたような表情で九十九君がそう言った直後。

「な、なんということだ……！！」

中村君が突然、よろめきながら悩《なや》ましげに頭を抱《かか》えた。

《どうしましたか、かぐや姫？》

「また傑作《けっさく》を思いついてしまった……！」

お、おう。

そして、夜空を仰《あお》ぎながら朗々と声を響《ひび》かせて一句。

「なあ月よ　おまえも独りなのか……？」

《………五七五になってないけど……》

「あえての破調で余韻《よいん》を残しているのだ」

ドヤ顔で説明された。さいですか。

どこまでもマイペースな厨病ボーイズに、観客が置いてきぼりにならないか心配だったけれど、幸い会場の反応は良い感じで、時には大きな笑い声も起こっていた。

「よくわからんが、みんな独特でおもしろいのぅ」

「うむ、よくわからんが、やはり感性が若いんじゃのぅ」

「これが今どきなんですねえ、よくわからないけど……」

部員たちの句を、にこにこしながら褒《ほ》めてくれるお年寄りたち。

意味不明ですみません。

そして今どきの若者がみんなこんな感じでは決してないんです……。

そんな中、さっきまでは虚《うつ》ろな表情をしていた佳代さんもクスクスと笑っているのが見えて、ハッとした。

厨病ボーイズも気付いたようで、瞳《ひとみ》を輝《かがや》かせて、互《たが》いに頷《うなず》き合う。うん、もう一息！

《それでは、この辺でお題を変えましょう。どなたか、お題を思いついた方、手をあげてください……はい、ではそこの方》

「運動会」

《ありがとうございます。『運動会』いただきました。次は『運動会』をテーマに俳句を作ってください》

「——はい」

《おっと、今度の一番手は高嶋君。どうぞ》

「空良ちゃんは　絶対似合う　チアリーダー」

《この人本当に空良ちゃんしか頭にないようです》

「今日は皆《みな》さんに空良ちゃんの名前だけでも覚えてもらうために来ました！」

《誇《ほこ》らしげに言わないでください。……九十九君もできたようです。どうぞ》

「罰《ばっ》ゲーム　ラジオ体操　手本役」
《確かに……全校生徒の前でやるのはけっこう恥《は》ずかしいかもしれません。特に第二》
「そうか？　おれは平気だけどな～」
《野田く……竹取の翁《おきな》はそうでしょうね。続いて手をあげたのは、厨君》
「こぼれ落ちる　汗《あせ》もジュエリー　それが俺」
《はい、他《ほか》にできた方いませんか～？》
「ナンセンス！　スルーするなよ！」
《脳が処理するのを拒《こば》みました。おっと、再び九十九君ができたようです。どうぞ》
「運動会　だるい　めんどい　さぼりたい」

《やる気なさすぎでしょ！　……と、すかさず今度はかぐや姫《ひめ》が手をあげました》

「運動会　つぶしてしまえ　暗黒神」

《こっちはもはや憎悪《ぞうお》さえ感じます……何ですか暗黒神って！　あ、説明しなくて結構です。ここで竹取の翁もできたようです》

「つぶさせない　おれが守るぜ　運動会」

《なんか竹取の翁VSかぐや姫の戦いが始まりそうなんですが!?》

テンポ重視でたたみかけると、さっきよりネタもわかりやすかったのか会場からどっと笑いが沸《わ》き起こり、佳代さんも満面の笑《え》みになっていた。

やったー！　あとはラストスパート……。

《これ以上彼らの仲がこじれたら大変なので、今夜の俳句会はここまでとさせていただきます。この後は再び劇をお楽しみください》

男子たちは座布団《ざぶとん》をしまい、ステージにはかぐや姫と竹取の翁の二人が再び現れる。

《かぐや姫と一緒《いっしょ》に楽しい日々を過ごしていた竹取の翁ですが、やがて、別れの日が訪《おとず》れます。かぐや姫は月の世界の住人であり、とある十五夜に従者たちが迎《むか》えに来たのです。竹取の翁は抵抗《ていこう》しましたが、従者たちに見つめられると力が抜《ぬ》け、月へと帰っていくかぐや姫をなすすべなく見送ることしかできませんでした》

「さらば、竹取の翁よ。おまえたちと過ごした地上での日々は、冷たく凍《こお》ったこの心も溶《と》かす春の木漏《こも》れ日、儚《はかな》くも愛《いと》しい記憶《きおく》として永遠に俺の記憶の片隅《かたすみ》にとどまり続けるだろう……」

「待て、待ってくれ、かぐや！」

「竹取の翁、おまえはどうか、心安らかに、長生きしてくれ……」

「おれはさよならなんて嫌《いや》だ。かぐやぁーー！」

その場にくずおれて手を差し伸《の》べる竹取の翁を残し、去っていくかぐや姫。

竹取の翁は独りステージの端《はし》でガクリと力なく項垂《うなだ》れる。

しかし、やがてキッと顔を上げ、ゆっくりと立ち上がった。

「おれは……諦《あきら》めない！　必ずもっと強くなって、もう一度、おまえに会いに行く！」

ステージの中央に移動してそう宣言するや、うおおおおお、と凄《すさ》まじい勢いで腹筋や腕立《うでた》て伏《ふ》せ、シャドーボクシングなどを始める竹取の翁。

《こうして竹取の翁は体を鍛《きた》えまくり、数年後には光の速さで移動できるようになりました。そして、ある日とうとう、富士山《ふじさん》のてっぺんから思いっきりジャンプすることで、月に着陸したのです》

「久しぶりだな、かぐや！」

「竹取の翁……!?　なぜ、ここに……！」

「おまえを、奪《うば》い返しに来た！」

《この時、かぐや姫を引き留めようとする従者たちと竹取の翁の間で激しい戦闘《せんとう》が起こり、月の表面にはいくつもの穴が開きました。それがクレーターです。竹取の翁はその戦闘に勝利し、見事、かぐや姫を地球に連れ帰ったのでした……めでたしめでたし》

　ナレーションの間に出演者が全員ステージの上に出てきて、横一列に並び、結びの言葉とともにそろって頭を下げると、会場は大きな拍手《はくしゅ》に包まれた。

「――ありがとう、おもしろかったよ」

「これが今どきのかぐや姫なんだねえ」

お年寄りたちのねぎらいの言葉にお辞儀《じぎ》を返しながら、佳代さんのもとに向かう。

「またハチャメチャなかぐや姫だったね……こんなに笑ったのは久しぶりだよ」

佳代さんからそう言ってもらって、私たちも思わず笑顔になった。

「佳代ばあちゃん、竹取の翁みたいに、ばあちゃんだってまだまだこれからだぜ！　何かを始めるのに、歳なんて関係ない。その気になれば、月にだって跳《と》べるんだ！」

力強く野田君が言い切ると、佳代さんは目を瞬《またた》いてから、小さく噴《ふ》き出した。

「……さすがに竹取の翁みたいにはなれないけど……いっぱい笑って、少し元気が出てきたよ。ありがとう」

よかった……と喜びを感じていたところ。

「佳代さん」と吉蔵さんが近付いてきた。

「一緒に、庭に出て月を見ないかい？」

「……ええ、そうしましょうか」

佳代さんのその答えに、吉蔵さんは驚《おどろ》いたように目を瞠《みは》ってから、笑顔になった。

そして、少し悪戯《いたずら》っぽく言葉を継《つ》ぐ。

「今夜は、月が綺麗《きれい》ですね」

え、これって……!?

佳代さんも意表を突《つ》かれたように息をのんでから、小首を傾《かし》げた。

「さあ、もう少しよく見てみなきゃわかりませんねえ」

二人は頰《ほお》をほころばせながら、庭へと連れ立っていった。


「……吉蔵さん、そうだったの……!?」

「サプライズだな。でも二人とも余裕《よゆう》があって、年の功を感じたぜ」

「月が綺麗　それで通じる　こともある……ってところ？」

「佳代さん、やっぱりまだまだこれからだな～」

高嶋君の言葉に、一同うんうん、と頷《うなず》き合う。

「この後はどうする？　まだ時間はあるけど……」

「じゃあ、またさっきの俳句の続きをやろうぜ！」

「「「賛成！」」」

マジで⁉

「名曲だ　月光●面は　誰《だれ》でしょう」

「古いよ！」

「月見イベ　うさ耳空良ちゃん　天使かな　だけどほんとは俺　ねこ耳派」

「聞いてないし、余計な下の句付けるな！」

「闇《やみ》宿す　十六夜《いざよい》はどこか　俺に似て」

「『十六夜』が使いたかったんでしょ？」

「クレバーに　抱《だ》いてやろうか　月の女神《アルテミス》」

「すごい、急に雲に隠《かく》れた」

「月光で　いや増すタナトス　ルナティック」

「なんて⁇」

……もうツッコむの、疲《つか》れた……。

今日もまた　厨二《ちゅうに》全開　月見会

特別番外編❸

アメージング・ハロウィン・デイ

十月末の日曜日。

ハロウィンイベント開催中《かいさいちゅう》のテーマパーク〈アメージングワールド〉は、仮装に身を包む人々でごった返していた。

入り口付近に設置された更衣《こうい》室から表に出たところで、「ピンク！」とお馴染《なじ》みの溌剌《はつらつ》とした声に呼ばれる。

「とーう！　パンプキンマン登場！」

振《ふ》り向いた視線の先で、かぼちゃの仮面をすっぽりとかぶり、赤いマントをつけた野田君が、ジャンプ&着地、そして決めポーズを流れるような動作で決めた。

パンプキンマンは、おなかを空《す》かして泣いている子に「僕のかぼちゃをお食べ」と自分の口に手を突っ込んで中身のかぼちゃを分け与《あた》える、いろんな点でツッコミどころのありすぎるアニメキャラなのだが、幼児には絶大な人気を誇《ほこ》るヒーローだった。

まあ、ハロウィンに仮装するにはピッタリかもね。

「ほう、聖瑞姫が扮《ふん》するはシスターか……」

えり元だけ白くなった黒のロングワンピースにベールをかぶり、十字架《じゅうじか》を持った私の姿を見て、中村君が感心したようにつぶやく。

「ハロウィンとは元来、収穫《しゅうかく》を祝い、先祖の霊《れい》を迎《むか》える宗教的な行事だったことを鑑《かんが》みれば、悪くない選択《せんたく》だ。だが……いかに聖なる衣《ころも》をまとっても、果たしてこの冥府《めいふ》における魂《たましい》の管理人、終焉《しゅうえん》の使者たる俺の大鎌《おおがま》から逃《のが》れられるか……？　ククク……」

すそがところどころ裂《さ》けた黒いフード付きローブをまとい、大きな鎌を片手に怪《あや》しげな笑《え》みを浮《う》かべる彼は、どうやら死神らしい。

「世界の海をまたにかけるワールドワイドなパーフェクトヒューマン！　キングオブパイレーツ・厨二葉とは俺のこと」

ビシッと謎《なぞ》カッコいいポーズをしてみせる厨君は、海賊《かいぞく》か。頭には大きな三角帽《ぼう》、ゴージャスな雰囲気《ふんいき》のナポレオンコートを羽織って、どくろモチーフの指輪をしている。

「愚《おろ》かなパリピどもめ、せいぜい浮かれ騒《さわ》いでいるがいい。この後、地獄《じごく》のお茶会《ティーパーティー》が待ち受けてるとも知らずに、ね……」

シルクハットをかぶって、正装したピエロのようなド派手ないでたちをした九十九君は、『不思議の国のアリス』のマッドハッター……あなたのその格好も、パリピ以外の何ものでもないと思うけど。

「俺がその白い首筋に牙《きば》を立てた時の、痛みをこらえつつもどこか陶酔《とうすい》したような空良ちゃんの表情……やばい想像するとめっちゃエロい！」

興奮したように顔を赤くしてまくしたてる高嶋君は、裏地が赤い黒マントとタキシード、付け牙をのぞかせた、吸血鬼《きゅうけつき》。

「てか二次元で描写《びょうしゃ》される吸血行為《こうい》ってほとんど疑似《ぎじ》セッ――」

「黙《だま》りなさい」

独断と偏見《へんけん》に満ちた戯言《たわごと》を口走ろうとしたので十字架を投げつけると、高嶋君は「ぐあああ、やめろろおお」と大げさにその場にひざまずいた。やれやれ……。


「よし、みんな仮装は完璧《かんぺき》だな！　じゃあ、早速《さっそく》園内に繰《く》り出そ――」

「パンプキンマン、助けて！」

威勢《いせい》よく拳《こぶし》をつき上げようとした野田君を、不意に幼い声が遮《さえぎ》った。

「⁉」

見ると、小学生になるかどうかくらいの女の子が、野田君のマントのすそをぎゅっと握《にぎ》って、つぶらな瞳《ひとみ》でかぼちゃの仮面を見上げていた。

ピンクのネグリジェ姿なのは、『ピーターパン』のウェンディの仮装かな？

「わたし、忘れものをしたの。いっしょにさがしてちょうだい」

利発そうな、はきはきした口調。表情は真剣《しんけん》そのものだ。

「忘れ物……？」

「君、一人？　お父さんとかお母さんは？」

高嶋君の質問に、女の子はふるふると首を左右に振る。

「パパやママもいっしょにいこうって言ってたけど、ダメになっちゃったの」

「じゃあ、誰と一緒《いっしょ》に来たの？」

「だれとも。一人できたの」

きっぱりと答える女の子だけど、こんな小さな子が一人でテーマパークに……？

〈アメージングワールド〉は入園料を払《はら》ってしまえばアトラクションは全部遊び放題だし、年間パスポートとか持ってるならお金はかからないかもしれないけど、入り口の係員さんに止められそうだよね？　一人っていうのは、ちょっとあり得ない気がする。

「小さきものよ、おまえの名は何という？」

「あさひな、ちさ」

「歳は？」

「六さい」

「零。花耶姉、今は迷子係やってるんだろ？　この子の保護者が来てないか聞いてみれば」

「なるほど」

　厨君の提案に、九十九君がスマホを取り出す。

　このテーマパークでは、九十九君のお姉さんの花耶さんがアルバイトをしていて、今日も花耶さんから割引券をもらったからみんなで遊びにきたのだった。

「――それっぽい人は来てないって。とりあえず姉ちゃんには、この子の名前や特徴《とくちょう》を伝えて、保護者らしき人が来たら連絡《れんらく》してって言っておいたけど……」

　九十九君の言葉に、部員一同、さてどうしようと顔を見合わせる。

「……忘れもの、さがしてくれないの？」

「捜《さが》すぞ！　だから安心しろ！」

　ちさちゃんの目がうるんでいくのを見て、即座《そくざ》に言い切る野田君。

ちょっと、またそんな安請《やすう》け合いして……！

「忘れ物って、何を忘れたんだ？」

「わかんない」

わかんない……？

「袋《ふくろ》とかに入れてて、中身がわからないってこと？」

私が尋《たず》ねても、ちさちゃんは困ったように首を傾《かし》げていたけれど、きょろきょろと見回すと、「あっち！」と指さして走り出した。

「おい、ちさ⁉」

色々と不可解だけど、こんな小さい子を一人で放《ほう》っておくわけにもいかない。

私たちも、慌《あわ》ててあとを追った。

☆★☆

「これ、乗ろう！」

立ち止まったちさちゃんが指さしたのは、メリーゴーラウンドだった。

「忘れ物は……？」

「いいの」

そう言って、入場口に行ってしまう。

ま、いいか、とみんなで馬などのいろんな動物にまたがった。

「見ろピンク、ペガサスだ！　カッコいいよな、ペガサス！」

「フッ、やはり、ドラゴンこそ最強……」

「中村は死神だし、テイスト的にこっちの狼《おおかみ》のがいいんじゃねーか。北欧《ほくおう》神話でオーディンを飲み込んだフェンリルっぽくて」

メリーゴーラウンドでもテンション上げられるこの人たち、半端《はんぱ》ないな！

「遊園地イベのURイラストも可愛《かわい》さマックスだったな……空良ちゃんはいつでも天使だけど、メリーゴーラウンドがあんなに似合う女子他《ほか》にいないぜ。あの馬になりたい……！」

白馬に乗った高嶋君は、見た目だけなら王子様かイケメン吸血鬼か、という感じなのに……安定の残念っぷり。

「おめでたいやつらだね」

馬鹿《ばか》にしたように鼻を鳴らす九十九君は、ちさちゃんの乗った馬の横に立っていた。

そうか、万が一バランスを崩《くず》した時に支えてあげられるように？

すぐにこういう配慮《はいりょ》ができるのは、小さい弟妹がいるからだろう。


「次はこれ！」

続いてちさちゃんが向かったのは、コーヒーカップ。

「――もっと回して。もっと、もっと！」

「よーし、いくぜ。おりゃああああー」

ちさちゃんのリクエストに、中央のハンドルを勢いよく回転させる野田君。

「ちょっと待って、野田君、回しすぎ……っ」

「よし、負けねーぞ大和！　うりゃああああああ」

「高嶋まで!?　やめろ馬鹿！」

「ストップストップ！　これは絶対後悔《こうかい》するパターン……！」

「こ、これ以上スピードが増すと、外界との時間の流れに齟齬《そご》が生じかねんぞ!?」

異常な速さで回転する二つのコーヒーカップが、ようやく止まった時には――

「うう、気持ち悪……」

「しまった、やりすぎた……」

「スチューピッド、だから言ったじゃねえか……」

「まさか地獄《じごく》のお茶会《ティーパーティー》に自らハマるとは……」

「時空移動の直後でも……これほどの消耗《しょうもう》は……稀《まれ》、だ…………グフッ」

野田君以外の部員全員が、激しいめまいでぐったりとベンチにもたれかかっていた。

「大丈夫《だいじょうぶ》か、みんな!?」

「なんでおまえは無事なんだ……」

「三半規管おかしいだろ？」

うらめしそうに見上げる一同に、「鍛《きた》えてるからな！」とけろりと答える野田君。

そういえば、ちさちゃんは!?　とハッとした直後、

「お兄ちゃんたち、次はあれ！　あのパンダさん乗りたい！」

弾《はず》んだ声が響《ひび》き、ちさちゃんはそばにあったパンダカーへと走っていく。つよい。

「おれが見てるから、おまえらは少し休んでいろ」

野田君はそう言い残すと、ネグリジェ姿の幼女を追っていった。

ほどなくして、「進路クリア、オールグリーン。パンダロボ、発進！」という力強い号令と、きゃーとはしゃぐ歓声《かんせい》が聞こえてくる。


「……で、いつまであのガキに付き合うんだよ？」

だいぶ回復してきたらしい厨君が、体を起こしながら、仏頂面《ぶっちょうづら》で話し出す。

そういえば彼は、小さい子が苦手なんだっけ。

「忘れ物を捜すったって、何を捜すのかもミステリーだし、遊ぶ方に夢中に見えるぜ」

「そうだね……迷子センターに保護者が来たら連絡もらえるわけだから、花耶さんから連絡がくるまで、かな？」

「ああ。あんな小さい子をこのまま放置しとくわけにもいかないしな」

私の言葉に、ゆっくりと起き上がりながら頷《うなず》く高嶋君。

「まさかこんな日まで子守《こも》りをする羽目になるとはね……」

九十九君もうんざりした口調ながら、異論はないみたい。

「おまえらって、ほんと……」

厨君は呆《あき》れたようにぼやいてから、「……仕方ねえか」とため息交じりに同意を示した。

ちなみに中村君は――

「……すまない、誰《だれ》か、俺にハイポーションを恵《めぐ》んでくれないか……？」

いまだベンチに横たわったまま、私たちの会話に加わる気力も戻《もど》らないようで、青白い顔でそんな懇願《こんがん》をする。

「死ぬな、竜翔院。待ってろ、今――」

高嶋君が彼の頭を持ち上げてその唇《くちびる》にスポーツドリンクを注ぐと、コク……コク……とゆっくりと飲み下してから、弱々しく笑った。

「フン、俺を誰だと思っている……？　これしきのことで、死んで、たまるか……！」

本当にね。

☆★☆

『大変、バクエンジャーが大ピンチだ！　良い子のみんな、バクエンジャーを応援《おうえん》してあげて。せーの！』

「「「「バクエンジャー、がんばってー！」」」」」

野外ステージのヒーローショー。

子どもたちの無邪気《むじゃき》な声が響く中、客席からひときわ大きな声援《せいえん》を送っていたのは——

かぼちゃ頭のパンプキンマンだった。

「負けるなバクエンジャー！　そうだ、いけー！　正義は必ず勝ーつ！」

「お、落ち着いて、野田君」

『やったー！　みんなのおかげで、悪いやつを倒《たお》せたね！　ありがとう、バクエンジャー！』

「うおおお、やったな、ちさ！」

「うん、よかったー！」

興奮する野田君と、はしゃいでハイタッチをするちさちゃん。

続けて行われた『アイライブ！』ショーでは……

「ひゅうーっ、可愛いよ、空良ちゃん！」

「S・O・R・A　マイラブエンジェルー！　M・U・R・I　限界ラブリー！」

「ハイ！　ハイ！　ハイ！　ハイ！　おおおおおお、ハーイ！」

　オタク吸血鬼《きゅうけつき》が歌の合間に掛《か》け声をかけたり合いの手を入れたりと、大ハッスルしていた。

「今度はあれ！」

　ちさちゃんの指さす先にあったのは、レーザー光線をかいくぐって奥のゴールを目指すアトラクション、その名も『スパイ・オペレーション』。

「ここはオレに任せてもらおう」

　自信満々で進み出た九十九君だったけど、始まってすぐに立て続けに「ブーッ」「ブーッ」と接触《せっしょく》を知らせる警報が鳴り響き、成績はいたって普通《ふつう》だった。お約束をありがとう。

　誰が一番少ないダメージでクリアできるか勝負して、結果は野田君の優勝。

　小柄《こがら》なのも有利に働いてたかもね。

　すごかったのは、その隣《となり》にあった、壁《かべ》で次々にランダムに光る無数のボタンを時間内にいくつ押せるか競《きそ》うアトラクション。

　これにもみんなでチャレンジしたんだけど、この時の野田君、とんでもないスピードと反射神経でボタンを連打していって、なんと遊園地の歴代最高記録を打ち出してしまった。

結果が出た時は周りのお客さんからもどよめきと拍手《はくしゅ》が起こってたよ。

どっちの勝負でも二位になって悔《くや》しがっていた厨君は、トランポリンで『ジャンプ中にカッコいいポーズを決める』というヒーロー部内のみで始めた謎《なぞ》の競技で、見事優勝に輝《かがや》いた。

なんだろう、あの圧倒《あっとう》的レパートリー……運動神経が良くなきゃできないし、確かにいちいちカッコいいんだけど……変なツボに入って腹筋が死んだ。

迷路《めいろ》館では、中村君が大活躍《だいかつやく》。途中《とちゅう》で物見やぐらに上った時に複雑極《きわ》まりない広大な迷路の構造を全《すべ》て覚えて、以降は一度も迷わずゴールに導いたのだ。

どんな脳みそしてるんだと感心したけど……

「フッ、前世で数多《あまた》のダンジョンを突破《とっぱ》してきた俺には赤子の手をひねるようなもの……智《ち》の女神《めがみ》の祝福を受けた竜翔院凍牙を翻弄《ほんろう》したいのならば、ミノタウロスの地下迷宮《めいきゅう》レベルは用意してもらわねば、な」

うん、やっぱこの脳みそ、理解不能。

テーマパーク内はあちこちにかぼちゃや魔女《まじょ》、お化け、骸骨《がいこつ》に蜘蛛《くも》などハロウィンモチーフの飾《かざ》り付けがされていて、行き交《か》う人たちも半分くらいは仮装姿なので、眺《なが》めているだけでワクワクしてくる。

気付けば厨病ボーイズも私もこの非日常的空間を思いっきり楽しんでいたけれど、ちさちゃんも「お兄ちゃんたち、すごい！」「おもしろーい」と終始笑顔《えがお》だったのは何よりだった。

そして、今乗っているのは、観覧車。

ＢＧＭを自分で設定できるゴンドラ内には、野田君チョイスの『バクエンジャー』のオープニング曲が鳴り響《ひび》いている。

ゴンドラは園内や周辺地域が一望できる頂上付近まで上がってきていた。

そろそろ九十九君からあの台詞《せりふ》が出るかな〜とちらりと視線を向けたところ、

「見ろ、人がノミのようだ！」

微妙《びみょう》にアレンジしてきた。

高層に上がるたびにどれだけの人が口にしてきたんだろうね、あの台詞。

「――まだ花耶さんからの連絡《れんらく》はないんだよね？」

「ああ。幼女を放置して保護者は何をしてるんだか……」

隣に座るちさちゃんを見ながら、渋面《じゅうめん》を作る九十九君。

ちなみにこのゴンドラには九十九君、ちさちゃん、野田君、私の四人が乗っている。

「高いねー。すごいねー」

「そうだな！　なあ、ちさの家はどっちの方なんだ？」

「あそこ」

野田君の問いに、ちさちゃんはテーマパークのすぐ隣に立っているマンションを指さした。

「えっ、あのマンションがちさちゃんのおうちなの⁉」

「うん」

まさかそんなご近所だったとは……それならもしかして、一人で来たってのもあり得る？

　入り口では他《ほか》の家族連れに紛《まぎ》れて、係員のチェックをかわしたとか……。

「ちさちゃんがこの遊園地に来たことを、お父さんやお母さんは知ってるの？」

「知らない。でも、だいじょうぶ」

「ちさちゃんがいなくなって、心配してたりしない？」

「だいじょうぶ」

　ちさちゃんははっきり言い切ってから、「忘れものみつけたら、ちゃんと帰るから」と続けた。

　完全に遊んでいるだけに見えたけど、まだ捜《さが》す気があったんだ……。

「でも、忘れ物がなんなのか、わからないと捜しようもないよ？」

　九十九君の言葉に野田君も「ああ」と頷《うなず》いてから、目線をちさちゃんの高さに合わせて、真正面から告げる。

「おれたちはちさの力になりたいんだ。だから、そろそろ何を捜してるのか、教えてくれ」

「……………」

ちさちゃんは、困ったように眉《まゆ》を寄せてしばらく沈黙《ちんもく》していたけれど、やがて真剣《しんけん》な瞳《ひとみ》で、言った。

「あのね……もう少しでみつかると思うから、ちさといっしょにいて」

「………わかった。でも、暗くなる前には、帰ろうな！」

野田君が気を取り直したように明るい調子で言い聞かせると、ちさちゃんもホッとしたように頬《ほお》をゆるめて、コクリと頷いた。


観覧車から降りると、お昼ご飯のためにフードコーナーへと向かった。

お好み焼きにマヨネーズで蜘蛛の巣《す》の形が描《えが》かれていたり、カレーに星形の人参《にんじん》が添《そ》えられていたり、料理もハロウィン仕様でなかなか可愛《かわい》い。

「オークとミノタウロスのキメラ肉を聖者の肉体で挟《はさ》みしものが、ゴーストのレイピアによって貫《つらぬ》かれている……な、なんというカオス。いったい何が起こったんだ……!?」

ハンバーガーにお化けのピックが刺《さ》さってるのを見て、慄《おのの》く中村君。知らんがな。

屋外のテーブル席に着いてお昼を食べながら、先ほどゴンドラの中でちさちゃんから聞いた話を他のメンバーにも伝えた。

「ふむ……つまりあの小さきものは、単独でこの楽園《エデン》に迷い込んだ可能性も出てきたというわけか……」

「でもあいつ、財布《さいふ》もワンデーパスポートも何も持ってないんだぜ」

隣《となり》のテーブルで野田君と九十九君とカレーを食べているちさちゃんに視線を向けながら、彼女のカレー代を払《はら》ってあげていた厨君が眉を寄せる。

「ペアレンツと一緒《いっしょ》じゃないにしても、入園する時は誰《だれ》かしら同行してたはずだろ」

「確かに……でも、その人はどうして迷子センターに来ないんだろう？　ちさちゃんの『忘れ物』も謎のままだし……」

みんなでしばらく考えたけど、これという案は見つからなかった。

「……まあ、家がわかったんだし、ちさの気が済んだら送り届けてやればいいんじゃねーか」

高嶋君の言葉に、一同、すっきりしないながらも、頷いた。

☆★☆

お昼を食べ終えると、またちさちゃんの希望に添《そ》ってテーマパーク内を遊びまわった。

絶叫《ぜつきよう》系に乗るのを楽しみにしていた男子たちには、私がちさちゃんを見てる間に行ってきたらと声を掛《か》けたんだけど、「ちさと別れた後、夜に乗りまくろう」と言われ、結局ずっとみんなで行動していた。

……私、絶叫系あんまり得意じゃないから、それはそれで戦々恐々《せんせんきようきよう》なんだけど。

どんなアトラクションでも妄想《もうそう》まみれのおバカな反応を繰《く》り広げる厨病ボーイズに、ちさちゃんは大喜びだった。

ずっと機嫌《きげん》よくニコニコしていたのだけど、それが崩《くず》れたのは、テーマパークの目玉イベントの一つであるパレードの見物が終わった直後のことだった——。

「ちさちゃん、大丈夫《だいじようぶ》？　怖《こわ》くなかった？」

スタッフ扮《ふん》する不気味なピエロやゾンビ、モンスターたちとホラー風味にデコられたワゴンからなるハロウィンパレードは、なかなか刺激《しげき》的で周りでは泣いてしまった幼児もいたようだったけど、ちさちゃんは笑顔《えがお》で首を振《ふ》る。

「ぜんぜん！　楽しかった～」

「そっか、よかった。……あ、ゾンビにもらった飴《あめ》、なめる？」

パレードでは、スタッフがお菓子《かし》を周りの観客に配って回っていたのだ。

「うん！」

「じゃあ……あーん」

小さなお口に、飴玉《あめだま》を一つ押し込むと、それまで満面の笑みを浮《う》かべていたちさちゃんが、驚《おどろ》いたように目を見開いた。

「……これ……よくママがくれたあめ……」

ポツリとつぶやいたかと思うと、みるみるその両目に涙《なみだ》があふれ出して――

「うう……えぐ……うわあああああああああん」

大きな声で、泣き出してしまった！

「ち、ちさちゃん!?」

「うわあああああああああん」

「どうした、ちさ!?」

「それが、飴を食べたらいきなり……」

「ちさ、飴、嫌《いや》だったか？」

「ぺっ、てする？」

「うわあああああああああん。ママあああああ、パパあああああああ」

お母さんたちのことを思い出して、急に恋《こい》しくなってしまったのかな？

「ママたちに会いたいのか？　もう家に帰る？」

「望みとあらば、送っていくぞ」

「あのマンションがちさの家なんだよね？　ママのところ戻《もど》ろうか？」

　みんなでなだめようとしても、ちさちゃんはイヤイヤをするように首を左右に振って、泣き続ける。

「ダメなの～。うわあああああああああん」

「ダメってどうして？　おうちにママたちはいないのか？」

「うわあああああああああん」

「どこにいるかわからないのか？　なら、おれたちが見つけてやるから、泣くな！」

「ママああああああああ、パパあああああああ」

「……ちさ！　ほらほら、綺麗《きれい》だな〜」

高嶋君が、口にストローをくわえてふうーっと吹《ふ》くと、たくさんのシャボン玉がぶわっとちさちゃんの周囲に出現した。近くの売店で調達してきたらしい。

ハッとしたように目をみはるちさちゃん。

おっ、これはイケるか!?

……と思ったのだけど、ちさちゃんの顔はすぐにくしゃりと歪《ゆが》み、また「うわああああああああん」と大音量で泣き始める。ダメか……。

どうしよう……とおろおろしてたら、九十九君が「できればこの手段は使いたくなかったが……」と悲愴《ひそう》な面持《おもも》ちで呟《つぶや》いてから、覚悟《かくご》を決めたように顔を上げて、叫《さけ》んだ。

「二葉、歌え！」

「…………は？」

「なんでもいいから歌うんだよ！　早く！」

ポカンとしていた厨君だったけど、九十九君に急《せ》かされると「オーケー」と頷《うなず》き、愛用のマイク（受信機にはつながってないパフォーマンス用）を自分のバッグから取り出した。

そして、すうっと息を吸い込んでから、大音量でがなり始める。

「♬Oh men　このラップが伝説の前兆《オーメン》
おめーは神に祈《いの》れ　アーメン（ポウ！）
流星群とともに現れた俺は救世主
（チェケラッチョ！）まるで強くてニューゲーム……♪」

〜〜〜相変わらず酷《ひど》い……！

まるで眩惑《げんわく》系の魔法《まほう》でもくらったような錯覚《さっかく》を呼び起こす、あまりにも不安定にして無《む》駄《だ》に声量だけはある脳を痺《しび》れさせる歌声。え、何これ、ヒプノシス●イク？

「――もういい、二葉。ストップだ！」

騒音《そうおん》が収まり、一同ホッと胸をなでおろす。

「せっかく調子が出てきたところだったのに……で、なんだったんだよ、零？」

「見てみなよ」

九十九君が示した先では、ちさちゃんが呆然《ぼうぜん》としたように目を見開き、完全に泣きやんでいた。

おお～っとその場に大きなどよめきが起こる。

「前にうちのチビたちが泣きわめいてどうしようもなかった時、二葉の動画を見せたらやっぱり二人ともぴたっと泣きやんだんだ」

厨君の歌にそんな効能が……！

「なるほど、泣く子も黙《だま》るカリスマ……というわけか」

厨君は嬉《うれ》しそうにそんなことを言ってたけど、ビックリしすぎて泣くのを忘れるのかな。

「大丈夫か、ちさ！」

野田君が尋《たず》ねると、ちさちゃんは顔を涙でぐしゃぐしゃにしたまま、でも落ち着いた様子でこくんと頷いた。

「これからどうする？　まだ忘れ物を捜《さが》すのか？」

10/6

いつの間にか日は傾《かたむ》き、あたりは夕闇《ゆうやみ》に包まれ始めていた。

そろそろ帰らせた方がいいと思うけど、家に帰りたくない事情があるのだろうか。

どうしたらいいかな……と思いながら反応を待っていたところ、ちさちゃんは。

「……ううん、もう、いい」

どこかすっきりした顔で、そう言った。

「忘れもの、なくなったから」

……どういうこと……？

「わたしね、ずっと病気をしてて、おうちの窓からここを見ながら、いつか元気になったら遊びに行こうってママとお話ししてたの」

「そうだったのか。じゃあ、元気になったんだな」

野田君の言葉に、ふるふると首を左右に振るちさちゃん。

え……まだどこか悪いの？　全然そんな風に見えなかったけど……。

「無理してたの？　大丈夫《だいじょうぶ》？」

「うん。もう、どこも痛くないし、苦しくないよ。でも、さいごにどうしてもこの遊園地で遊びたくて……」

……最後？

「お兄ちゃんたちのおかげで、すごく楽しかった」

え？　え？

「ありがとう」

ネグリジェ姿の幼女は私たちに笑顔《えがお》でバイバイをすると、次の瞬間《しゅんかん》——

すうっとその場から消えていった。

「…………」

「…………」

「…………」

「…………」

「…………」

「…………」

私たちは、しばらく固まって何もない空間を見つめてから。

「「「「「ええええええええええええ!?」」」」」

いまだかつてないほどの絶叫《ぜっきょう》を、秋の夕空に響《ひび》かせたのだった。


「い、今の、おれの見間違《みまちが》いじゃないよな!?」

「消えた!　すうって消えた……!」

「つつつつまり、忘れ物とは、この世での思い出的なものだったと……?」

「ジーザス、初めて見た……」

「…………も、無理」

「つ、九十九君、しっかりして!」

一同、周囲の人々からの注目を気にする余裕《よゆう》もなく、激しく動揺《どうよう》していたけれど。

「——ま、何はともあれ、成仏《じょうぶつ》できたみたいでよかったな!」

吹《ふ》っ切れたらしい野田君が、あっけらかんとそう言った直後。

パッとテーマパーク内のイルミネーションが一斉《いっせい》に点灯し、わあっとあたりに歓声《かんせい》が沸《わ》き起こる。


「みんな立ち直り早すぎでしょ！　てか九十九君、気絶しちゃってるんだけど……!?」

「フッ、考えてみれば死神が霊《れい》に驚《おどろ》くというのも奇妙《きみょう》な話だ……」

「確かに Time flies like an arrow. ボーッとしてたらすぐに閉園タイムだな」

「待て大和っ、一人で先行くな。はぐれるぞ！」

「よし、ジェットコースター乗りに行こうぜ！」


オレンジと紫《むらさき》が交じり合う幻想《げんそう》的な空の下。

ジャック・オ・ランタンの光や電飾《でんしょく》に照らされるのは、お化けや異形が行き交《か》う風景。

屋台から漂《ただよ》ってくる焼き菓子《がし》の甘い香《かお》り。

スピーカーから流れ続ける賑《にぎ》やかでちょっと不気味な音楽。

　これは、ヒーロー部で体験した中でもとびきり不思議で、不可解な……ハロウィンの片《かた》隅《すみ》で起こった、とある一日のエピソード。

あとがき

こんにちは、藤並《となみ》みなとです。厨病《ちゅうびょう》十三巻、でもってとうとう最終巻、です。

本編のラストシーンはれるりりさんのアルバム『10th Anniversary Original & Best ALBUM 羞恥心に殺される』に収録されたneroさんカバーの『厨病激発ボーイ』ロックバージョン（好き）を聴《き》いている最中に閃《ひらめ》きました。一つの歌から生まれたボカロ小説らしい締《し》め方ができたのではと気に入ってます。なお、後半に収録されている特別番外編は、かつてアニメの公式ホームページで連載《れんさい》していたものなので、パラレルワールドとしてお楽しみくださいませ。

第三部となる「プライド超新星」は、楽曲『羞恥心に殺される』をベースに構想を練ったのですが、この十三巻は同時に手塚治虫《てづかおさむ》先生の『ブラック・ジャック』（手塚治虫文庫全集、講談社刊）の中の「六等星」というエピソードにもインスパイアされて執筆《しっぴつ》しました（胸を打つ不朽《ふきゅう》の名作です）。また、シリーズを通して望公太《のぞみこうた》先生の『異能バトルは日常系のなかで』（GA文庫、SBクリエイティブ刊）には厨二の魅力《みりょく》や発想法に多大な学びと影響《えいきょう》を受けたことを、深い敬意と感謝とともにここに記させていただきます（この仕事以前から愛読していた、厨二コメディのマスターピースです）。

　原曲のれるりり様、最初に企画《きかく》をいただいた時、「れるりりさん!?」と興奮したことを今でもはっきり覚えています。大好きなボカロの世界に関われて、本当に幸せでした。イラストの大神《おおかみ》アキラ様、みんなの声が聞こえてくるようなカッコよくて楽しいイラストを、ありがとうございました。イラストカットのこじみるく様、ミラクル可愛《かわい》いミニキャラを描《か》き続けてくださって、この上なく癒《い》やされ、励《はげ》まされました。担当の白浜《しらはま》様、最高の担当さんと二人三脚《ににんさんきゃく》で完走できたことに、心から感謝しています。また、このシリーズの立ち上げ編集者である安井《やすい》様にも、改めて感謝申し上げます。素晴らしい機会と経験を、本当にありがとうございました。デザインの伸童舎《しんどうしゃ》様、校正様、歴代担当様、副担当様、絵師様、れるりりさんの事務所の方々、漫画《まんが》舞台《ぶたい》アニメ関係等、厨病に関わってくださった皆《みな》様に、厚く御礼《おんれい》申し上げます。サポートし続けてくれた家族、友人、親戚《しんせき》もありがとう。

　お手紙をくださった読者様、おかげさまで、ここまで熱量を保って書き上げることができました！　一通一通が、すべて、宝物です。ありがとうございます……！

もちろん、今読んでくださっているあなたにも、最大級の感謝を。

◆大事なお知らせ◆

この本と、同日発売される新作『双子転生　厨二な姉が創った異世界で、オレはまさかの死亡エンド!?』、二冊買っていただくと、特設サイトで《厨病・卒業式編》が読める**期間限定キャンペーン**を二〇二一年九月二十八日から翌年三月末日まで開催中《かいさいちゅう》です。作者も笑いながら泣きながら執筆したラストエピソードなので、彼らの旅立ちを是非《ぜひ》、見届けていただければと思います。新作の方も、こいつ竜翔院《りゅうしょういん》の親戚だろっていうような姉と不憫《ふびん》な弟の仲良し双子《ふたご》が主役のファンタジー学園コメディで、きっと楽しんでいただけると思うので、何卒《なにとぞ》よろしくお願いします。卒業式編は半年間の限定公開なので、そのうち、と思ってたらキャンペーンが終わっていた……ということにならないよう、早めの購入《こうにゅう》をオススメします。お近くの書店さんはもちろん、通販《つうはん》でも電子書籍《しょせき》でも良いので是非！

いつも自由でパワフルなヒーロー部のみんなが書けて、本当に楽しかったです。彼らの存在や物語が、何等星だとしても、あなたの心の片隅《かたすみ》で輝《かがや》き続ける星になってたらいいな。

それでは、また別の機会でも、お会いできることを願って。

藤並みなと

れるりりさんコメント

みなさんこんにちは！　れるりりです。

さて『厨病激発ボーイ　プライド超新星3』いかがだったでしょうか？

2015年に投稿された曲が小説になり、

今もなお皆さんに愛されていることがとっても嬉しいです。

これからもずっと厨病激発ボーイをよろしくお願いします(・ω・)/

れるりり

〈初出〉

特別番外編① 俺がアニメになったなら

特別番外編② 即興喜劇・かぐや姫

特別番外編③ アメージング・ハロウィン・デイ

右記の三編はＴＶアニメ「厨病激発ボーイ」公式ＨＰにて二〇一九年八月〜十月に連載した同名の短編を加筆・修正したものです。

「厨病激発ボーイ　プライド超新星3」の感想をお寄せください。
おたよりのあて先
〒102-8177　東京都千代田区富士見2-13-3
株式会社KADOKAWA　角川ビーンズ文庫編集部気付
「れるりり」先生・「藤並みなと」先生・「大神アキラ」先生
また、編集部へのご意見ご希望は、同じ住所で「ビーンズ文庫編集部」
までお寄せください。

厨《ちゅう》病《びょう》激発《げきはつ》ボーイ　プライド超新星《ちょうしんせい》3

原案／れるりり（Kitty creators）　著／藤《と》並《なみ》みなと

角川ビーンズ文庫　22856

令和3年10月1日　初版発行

発行者――青柳昌行
発　行――株式会社KADOKAWA
〒102-8177　東京都千代田区富士見2-13-3
電話 0570-002-301（ナビダイヤル）
印刷所――株式会社暁印刷
製本所――本間製本株式会社
装幀者――micro fish

ISBN978-4-04-111224-3C0193 定価はカバーに表示してあります。　◇◇◇

角川ビーンズ小説大賞
原稿募集中！
君の〝物語〟がここから始まる！
角川ビーンズ
小説大賞が
パワーアップ！
https://beans.kadokawa.co.jp
詳細は公式サイトでチェック!!!
【一般部門】&【WEBテーマ部門】
賞金 大賞 100万円
優秀賞 30万円
他副賞
締切 3月31日
発表 9月発表（予定）
イラスト／紫　真依